꽁이 마을

제1막

고양이 마을 제1막

발행일   2023년 1월 20일

지은이   J. 몰골
펴낸이   손형국
펴낸곳   (주)북랩
편집인   선일영   편집   정두철, 배진용, 김현아, 윤용민, 김가람, 김부경
디자인   이현수, 김민하, 김영주, 안유경, 신혜림   제작   박기성, 황동현, 구성우, 권태련
마케팅   김회란, 박진관
출판등록   2004. 12. 1(제2012-000051호)
주소   서울특별시 금천구 가산디지털 1로 168, 우림라이온스밸리 B동 B113~114호, C동 B101호
홈페이지   www.book.co.kr
전화번호   (02)2026-5777   팩스   (02)3159-9637

ISBN   979-11-6836-656-5 03810 (종이책)   979-11-6836-657-2 05810 (전자책)

고양이 마을

제1막

J. 몰골

이미지컷/N.blanc

Cat people live, in the village

 북랩

목차

밤하늘에 뜬 저 달..!
푸르름 가득 차갑기만 하다가도
붉음 가득 뜨거워 지는 달!

내가 지배자인 경우엔
사랑이고 평화이고 일상이고,
내가 피지배자인 경우엔
지옥이고 상실을 의미한다.

:

만화 애니메이션 '언더벌스'의 ost 'soulless heart' 가사가 가슴으로 깊이 다가온다.

원작의 스토리를 모두 지워내고, 그냥 'cat village'에 덮어씌운다 해도 동일의 공감각이다.

이 글은 모두 팩트에 기반한 나의 '자서전'이기도 하고, '소설'이기도 하며, '에세이'이기도 하다.

모든 이의 과거 상실된 영혼에 대한 후회스러운 반성과 앞으로 보다 더 가치 있고 온전하게 살아가기 위한 영혼의 'of the soul, by the soul, for the soul!' 실현을 위해, 필요충분한 치유제가 되었음 하는 작은 호소와 바람으로 시작하였다.

온전한 자아와 올바른 세상의 재건을 위해 굳이 새로운 '덮어쓰기'를 할 필요도 없다.

또한 영혼의 일탈을 모두 지워내고, '새로 쓰기'위해 '리셋' 할 필요도 없다.

과거는 나름대로의 역사이기도 하니까⋯.

다만, 올바른 내 삶을 위해,
앞으로 남겨진 시간에 내가 할 수 있는 건⋯?

산 영혼들이여!

이제 잠시 멈추고 노래를 들어보라.
가사의 의미를 다시 한번 음미해 보라.
영혼 잃은 심장의 울부짖음을
가슴에서 토해버려라.

글로써 이건, 말로써 이건. 몸짓과 행동으로써 이건,
말끔히 뱉어내는 데부터
비로소 새로움을 담아낼 수 있는 것이다.

오염된 영혼으로부터 훌훌 벗어나
순수했던 본연의 자아를 되찾고
삶의 세계로 한 걸음 다가서 보자.
이제 보편의 일상으로 돌아오라!
영혼 있는 삶은 언제나 'Heaven'이어라.

지금, 바로 여기…
내가 사는 삶 그 자체가…:

How long have I been longing?
나는 얼마나 살망하고 있있을까?

To be free and not broken…
자유롭고 부서지지 않기를…

Is this ocean of hollowness
이 공허함의 망망대해에서

I don't want to be forgotten…
난 잊혀지고 싶지 않아…

I drift around, killing time

난 방랑하고 있어, 시간을 죽이며

To fill the void that I got inside

내 안의 공허함을 채우기 위해

I seek to survive and not to die

난 죽지 않고 살아남기 위한 길을 찾고 있지

For a proper way to become alive

살아날 수 있는 옳은 방법을 위해

I drift around, wasting my time

난 방랑하고 있어, 내 시간을 허비하면서

Counting the hours I have left inside

내게 남은 시간을 세면서

I seek to survive and not to die

난 죽지 않고 살아남기 위한 길을 찾고 있지

For a proper way to become alive

살아나기 위한 옳은 방법을 찾고 있어

All the broken pages that I left behind

내가 버려둔 모든 망가진 페이지는

All the bloody stains of my hollowed past

전부 내 공허한 과거의 피투성이 얼룩이야

Repressed memories

억압된 기억들은

It's all that remains of the splintered fragment

그것들은 산산히 부서진 잔여물이야

That I call my life

내가 내 삶이라고 부르는 것의

Sacrificial lambs laid upon my path

나의 길 위에 놓인 이 희생양들은

Now are broken worlds killed by senseless wrath

이젠 무의미한 분노에 의해 살해된 부서진 세상이야

Soulless Heart

영혼이 상실된 내 심장이여

언더빌스 ost 'soulless heart'

거실 내엔 온통 공포의 기운으로 가득차 올라, 작은 잡소리 방울 하나라도
공간 중에 '똑' 하고 떨어져 섞인다면, 금방이라도 폭발하고 말 것만 같은
으스스한 긴장감이 팽배해 있다

cat people live in the village

1.
아심한 설악의 밤…
거실 창밖으로 검은 그림자가…?!!

영혼…!

내가 지배자인 경우는 사랑이고 평화이고 일상이고,   내가 피
지배자인 경우엔 지옥이고 상실을 의미한다.

손가락 뻗어 살짝만 만져도 숯검정이 흠뻑 묻어날 것만 같은 칠
흑같은 밤!

하늘 천정엔 달이 솟고 별들 초롱초롱해도, 사방으로 산 안자락
에 휩싸인 마을엔 까아만 어둠이 안개처럼 뭉쳐있다. 그나마 어둠
을 밝히는 예닐곱 개의 조명등이 은은하게 데크 바닥의 형상을 지
켜내고 있다.

실내의 샹들리에마저도 끈다면 데크는 비교우위로 환하게 빛날 수 있지만, 티브이 모니터에서 뢴트겐처럼 뿜어져나오는 유기발광 다이오드 빛이 밖의 그 환함을 일정부분 상쇄시켜, 데크의 환함은 다소 침침하다고 해야 맞을 것 같다.

설악에 오면 언젠가부터 갇힌 내실 안방을 거부하고, 너른 거실 바닥에 매트리스를 깔고 수면에 든다. 약간의 폐쇄공포증을 갖고 있던 터라, 거실은 열 평 남짓 공간이 넓은 데다 뒹굴거리기 좋고 구속감이 없이, 몸과 마음이 훨훨 자유로워 선택한 신의 한 수 수면법이다.

게다가 거실과 데크 바닥의 높이가 같아 밤의 거실 공간을 외부 데크까지 연장하여, 비록 몸은 집안에 머물어도 마음은 언제든 집 안팎을 수시로 넘나들며 생각의 나래를 펼칠 수 있어 좋음이다.

52번 채널 ocn에서는 6부작 웹드라마인 미스터리 스릴러 '괴이'가 방영되고 있어, 거실 내엔 온통 공포의 기운으로 가득 차 올라, 작은 잡소리 방울 하나라도 공간 중에 '똑!' 하고 떨어져 섞인다면, 금방이라도 폭발하고 말 것만 같은 으시시한 긴장감이 팽배해 있다.

온 시선이 티브이 모니터에 집중하고 있는 야심한시간. 희미한 조명 아래 데크 위로 시꺼먼 물체의 조심스러운 움직임이 곁눈으로 힐끗 감지된다. 순간 후두골과 귓바퀴 언저리의 머리털을 유지시키는 모근이 뻣뻣이 굳어지며 머리카락이 삐죽삐죽 쭈뼛하게 곤두선다.

티브이를 응시하던 시선이 조심스레 거실 밖 움직임을 추적해보지만 이미 형상은 사라지고 없다. 마치 밤의 유령에라도 홀린걸까? 혹여 강도라도 든 걸까 생각하면, 금새 가슴이 두근거리고 사지에 힘이 쭉 빠지고 만다.

벌써 몇 해 전 일이지만, 마을에서는 실제로 도둑이 든 적이 있었다. 유명 연예인인 남녀배우 커플의 산꼭대기 3층집 여름별장에서 주인들이 며칠 동안 집을 비운 사이, 그들이 오래 수집해 오던 고가의 희귀한 카메라들이 흔적도 없이 사라진 것이다.

집을 비워둬 사람들이 안 다친 게 그나마 천만다행이다. 쉬쉬 하며 감춘다 해도 발 없는 입소문은 금새 마을 전체로 전파되었고, 당시 몇 안 되던 주민들은 공포와 두려움에 옴팡 휩싸였던 기억이 생생하다.

일명 '골든네이처'라 불리우는 이 마을은, 산속에 동떨어져 새로이 조성된 단지 성격을 띠고 있어, 토속민은 거의 없고 대부분은 외지로부터 들어온 이방인이다.

그중 주민의 반은 상시거주를 택하여 살고 있지만, 나머지 절반은 주말주택으로만 활용되던 터여서 주중에는 빈집들이 태반이었다.

게다가 당시엔 개발이 한창 진행되는 도중이라 전체 50여 필지

중 주택이 들어선 필지는 띄엄띄엄 20호 남짓했고, 중간중간에 잡초들이 무성한 공터와 공사장들이 많아, 밤이 되면 다소 음산함과 적막함마저 들던 때였으니 그 공포감은 훨씬 더 끔찍스럽지 않았을까?

다행히 얼마 지나지 않아 범인이 검거되었다는 소문을 들었는데, 전에 그 집 인테리어 공사를 해서 집안 구조를 잘 아는 인부의 소행이라 했다. 믿었던 내부자의 범행이었던 것이다.

'어쩜 그럴 수가….'

10여 년 전 우리 집을 시공했던 심 사장님은 이미 수 년 전에 뇌종양으로 유명을 달리했지만, 건축에 대한 가치철학이 뚜렷해서 지역건축대상도 여러차례 수상하신 분으로, 집을 짓는 내내 온 정열을 쏟아부어 열심히 하셨고, 정많고 믿음이 가던 좋은 사람이었다.

준공 10여 년이 훨씬 넘은 지금도 집에 문제가 생기면, 사장의 친형인 상무님께서 손수 그 먼 김포에서 직접 트럭을 몰고 달려오셔서 말없이 도와주시곤 한다.

한쪽 면을 바라보면 참 좋은 세상이기도 한데, 또 한편 믿을 수 없는 세상이다.

그 이후로 밤이면 문단속도 철저히 하고, 거실 한구석에 만일의 위기 사태를 생각해서 망가진 골프채 드라이버를 항상 비치해 두고 있지만, 순간 머리속은 새하얗게 포맷되어 어찌할 줄 모르고, 뻣뻣했던 몸이 더 꼿꼿이 굳어져간다.

극한 두려움의 순간에 맞는 인간의 한계성이리라….

그나마 미세한 내 움직임의 소리가 밖으로 새어 나갔으려나 오히려 더 걱정스럽다.

커튼은 활짝 열어젖혀져 있다 해도 거실 이중창을 꼭 닫아 아마 내부의 소음이나 소리는 밖에서 전혀 감지 못 하리라.

숨을 멈추고 자세를 고쳐 앉아 조금 더 창 쪽에 시선을 유지한 채, 희미한 불빛 아래 데크를 응시해 본다.

시간차에 따른 적응시라고 해야 할지? 어두컴컴하던 밖의 형상이 조금 더 밝고 또렷하게 시야에 잡혀온다. 역시 아무것도 없는 빈 공간이다.

뜨거운 대낮부터 정원에 잔디를 깎고, 가을채소 파종을 위해 장마 통에 망가진 텃밭을 다시 뒤집어엎으며 땀을 많이 흘린 탓으로, 기진맥진 육신도 피폐해져 있고, 정신상태마저도 붕괴 직전이라, 헛것을 본 것이라 자조하며 다시 종전의 원위치를 찾으려는 순간이다.

미친 좀비인간이 되어 날뛰며
사각의 상자 밖으로 뛰쳐 나와
거실 구석구석을 돌아다닙니다.

2.
분명 뭔가 침입자가 있다...!

65인치 사각 상자 안으로 흑비가 몰아치고, 갑자기 암회색으로 변한 하늘에는 수만마리 까마귀떼들의 습격이 시작되고 있다.

진양군의 한 야산에서 발견된 귀불이 사찰 측과 고고학계의 반대에도 불구하고, 탐욕스러운 수장(군수)의 군내 관광객유치라는 명목하에 청사 내에서 전시되고 있다.

악마가 씌인 저주받은 석불이었던 것이다.

귀불의 눈을 똑바로 바라본 진양군 주민들과 여행객들이 하나둘씩 미친 좀비가 되어 날뛰며, 상자 밖으로 튀어나와 거실 구석구석을 돌아다닌다. 좀비들은 그들의 지난 과거 중 가장 사악하고 끔찍했던 기억만을 환각으로 되짚어 올려, 아직 오염되지 않은 주민들에게 달려들고 쫓기고 쫓고, 죽이고 죽는다.

거실창 넘어로 이글거리는 불빛 두 개가
영혼을 살라먹기라도 하려는 듯,
내 눈을 빤히 응시하고 있다.

겁에 질린 듯한 동그란 푸른 눈이다.

얼마 전 트럭 교통사고로 어린 딸을 잃은 수진도, 자신의 마음 속에 망각처럼 잊고 있던 최악의 사고 장면 환각이 되살아나면 서 처참한 지옥으로 점점 빨려들고 있다.

눈알이 흰자위를 가득 뒤집어쓴 채 까뒤집어지고, 몸은 중심을 잃고 좀비가 되어 휘청휘청 흐느적거린다.

- 드라마 '괴이' 내용 일부 발췌 -

거실 안으로 소름끼치는 그라운드 백뮤직이 괴이스럽게 흐른다.

창밖 헛것을 본 의문의 움직임이 사라진 이후의 으스스한 분위 기에 더해, 모니터에서 쏟아 낸 무거운 침묵과 음산한 공포가 겹겹 이 쌓이면서, 어느새 드라마 한 회분이 마감되어가고 있다.

어둠 속으로 검붉은 물체가 다시 조용히 움직이고 있다. 차차 내 쪽으로 조금씩 접근하다가 이내 멈칫하며, 바짝 몸체를 둥글게 말아 웅크리는 듯 하더니, 데크 중앙을 향해서 아주 조심스러운 발걸음을 떼고 있다. 실내의 티브이 조명이 더 우월했기에 얼핏 봐 서는 잘 보이지 않지만, 오래 밖의 조도에 적응한 탓인지 어렴풋 시 야에 뭔가가 잡힌다.

희미한 조명등 아래
움직임은 데크 중앙쪽으로 향하려는 의지와
나를 경계하려는 의지가 교차되며,
어쩔 줄 몰라 잠시 혼돈을 일으키는 듯 했다.

한 지점을 두고 원심력과 구심력이
상호 반작용을 일으키는 임계점에 서서
일단멈춤을 하고 있는 것이다.

'헉, 뭐야~!'

놀라 소스라치며 소리를 내보려 하지만 전혀 입 밖으로 튀어나
오지 못한 채 입안으로만 얼버무려진다. 안타까운 눈빛과 어중잖
은 몸짓으로만 어버버버 의사표현이 되는 벙어리가 된 것이다.

가빠지는 호흡을 가다듬고 혼미해지는 정신을 가까스로 진정시
켜 본다. 인간스럽지 않은 움직임이란 걸 감지할 수 있었다. 아주
느릿하고 경계심 가득한 움직임이다.

창 너머로 이글거리는 불빛 두 개가 내 영혼을 살라 먹기라도 하
려는 듯, 나를 빤히 응시하고 있다.

의문의 움직임…?!

움직임은 데크 중앙 쪽으로 향하려는 의지와 나를 경계하려는
의지가 교차되며 어쩔 줄 몰라 잠시 혼돈을 일으키는 듯 했다. 한
지점을 두고 원심력과 구심력이 상호 반작용을 일으키는 임계점에
서서 일단멈춤을 하고 있는 것이다.

새끼고양이 레드였다. 형제 중엔 비교적 몸집이 작고 여린 놈이
다. 새끼라지만 태어난 지 서너달 이상된 탓에 중고양이? 청년고양
이쯤이래야 맞을 것이다.

고양이…!

고양이에 대한 내 인식의 모순은 전혀 상반되는 이중 잣대가 작용함이다. 그 하나는 마냥 사랑스럽고 친근한 애완묘로서의 일반 관점이고, 또 다른 하나는 내 온전한 영혼을 탈취하고 지배하려 노리는 영물로서의 인식이다.

'캣피플!' '키메라!' 인간들이 고양이 가면을 쓰고 산다. 고양이들이 인간 영혼을 살라 먹고 마치 인간인 듯 행세한다. 두 얼굴의 양면성을 갖고 선과 악이 반반씩, 그들을 지배하고 있다.

지킬 앤 하이드! 가브리엘과 파우스트! 선과 악의 극단을 오간다. 악마가 속삭인다. 악마의 장난과 인간의 방황 속에 영혼마저 접수해버린다.

보통의 짐승이라기보다는 정상적인 현상의 세계와 상호 알 수 없는 미지의 세계, 있을 수 없는 세계, 있어서는 안 될 세계에 대한 상호관계의 텐션이 묘하게 엉켜, 일종의 환각을 생성해 내는 괴기스러운 영매이기도 함이 맞을 것이다.

여기서 말하는 영매는, '악화가 양화를 구축한다'는 '토머스 그레셤'의 경제법칙과 마찬가지로, 보통 선으로서의 역할보다는 악을 조장시키는 역할이 훨씬 더 강해, 결국은 '내가 고양이를 지배하느

냐? 아니면 고양이가 나를 지배하느냐?'의 관점에 따라,

상황이 정반대로 돌변할 수 있는 이율배반적 관계로 정의될 수 있겠다.

내가 지배자인 경우는 사랑이고 평화이고 일상이고, 내가 피지배자인 경우엔 지옥이고 상실을 의미한다.

몇 해 전인가 일본인 작가 무라카미 하루키의 3부작 소설 '1Q84'를 읽은 적이 있었다.

'1Q84'?

의문의 새로운 세계!
존재하지 않는 세계!

여기서 'Q'는 Question mark의 Q이다. 밀리언셀러이자 전 세계적으로 돌풍을 몰고 온 베스트셀러다. 조지 오웰의 '1984'와도 묘하게 중첩되는 제목이다. 주인공 아오마메와 덴코, 집단생활을 하는 이단 종교단체 사이에서 복잡하게 벌어지는 추적 스릴러이자, 주인공들의 사랑과 갈등, 고뇌에 관한 이야기다.

제3권에서는 쫓고 쫓기는 몸으로 한적한 시골마을 요양원에서

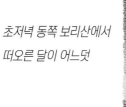

초저녁 동쪽 보리산에서
떠오른 달이 어느덧

남쪽 용문산
하늘 꼭대기로
치솟아 오르고…

신천리
'joy's home'엔
여름밤이 깊어가고 있다.

돌봄 중인 아버님 병문안으로 몇 날 며칠을 보내고 나서, 육체적, 정신적으로 피폐해질대로 피폐한 덴코가 우연히 겪게 되는 상실의 나라! 고양이 마을여행이 언급된다.

그에 연관 지어 내 에세이(미셀러니)의 실타래를 자서전이나 준소설 형식으로 풀어보고자 노력해 보았다.

2022년 8월, 신천리의 여름밤이 깊어가고 있다.

마을에서 내려다보이는 큰 불빛덩어리는 우측 편 멀리로 경춘고속도로가 굽어 돌아가는 극히 일부 노출구간의 끊임없이 움직이는 자동차불빛들이다.

서측으로 향해 멀어지는 붉은 후미등들은 화도와 구리를 거쳐 서울로 향해 멀어지고, 마을 쪽으로 가까이 다가오다가 이내 검은 실루엣의 산 그림자 속으로 사라져 버리는 흰빛의 전조등들은, 짧게는 강촌, 춘천에서 멀리는 양양과 속초를 향한다.

깜깜한 밤에 그나마 그 구세주 같은 불빛들이 고립된 마을의 적막함을 다소 상쇄시켜 외부를 연결하는 유일한 끄나풀이다.

평소의 모습대로 마을 안은 고요하다.

적막한 어둠을 뚫고 풀벌레 소리가 지천으로 들리고, 푸른 가로

등 불빛 아래 띄엄띄엄 위치한 몇몇 주택들에서는 따스한 온기가 느껴지는 노랑색 불빛들이 은은하게 새어 나온다.

이 시각 그 불빛 아래엔 나와 유사한 탈을 덮어 쓴 서로 다른 이 질적 인간들이 제각기 다른 환경 속에서, 각자 다른 주제를 갖고, 때론 소곤소곤 다정다감하게, 간혹은 슬픈 표정으로 눈물을 보이기도 하며, 때론 크게 소리치며 떠들고 술마시고 춤추고 노래하고 있다.

어떤 곳에선 격하고 진한 사랑에 영혼까지 바쳐가며 거친 호흡과 신음을 토해내고 있고, 또 간혹은 사소한 이슈로 토라져 다투기도 할 것이다.

병약한 노부무의 간호나 어린아이를 돌보고, 드라마, 뉴스, 영화나 시사프로그램 등 각자 선택한 티브이 채널에 흠뻑 빠져있기도 하고, 종교에 심취하여 염불을 외거나 또는 주님을 향한 감사기도를 드리며 구원을 얻기도 한다. 내일의 장사나 사업구상에 몰두하거나, 취업이나 입시준비를 위해 애쓰면서 그들의 소중한 일상에서 의미 있는 시간을 보내고 있으리라.

소속된 소사회, 소우주 속에서 나름 하루의 삶을 마감하면서 상호간 존재의 의미를 되새김질하고 있는 것이다. 그들에겐 그래도 큰 일탈이나 방황은 없다. 일상은 지극히 정상으로 돌아가고 있다. 가장 보편적인 삶들이다. 비정상, 환상이나 허구, 부정과 위선이 전혀 개재되지 않은 보편성이야말로 일상의 진정한 가치이고 소중한 삶의 지평이 아닐까?

근데 난 지금 그들과는 달리, 한 마리 두려움과 탐욕의 경계선에 웅크리고 앉은 도둑고양이를 눈앞에 두고 무슨 생각을 이리도 곰곰이 하고 있는 것인가?

어쩜 내가 놈을 곰곰이 생각하는 것보다 거실 창을 경계로 두고 쪼그려 앉아 그를 내다보고 있는 나에 대해 '시꺼먼 저놈은 뭐지?' 하며, 갸우뚱 궁금증을 갖고 있는지도 모를 일이다.

누가 누굴 생각하는지? 도둑과 주인! 주객이 전도된 느낌이고 고양이와 나 상호 간에 묘한 심리전이 벌어지고 있다.

한동안 데크 한가운데의 고양이에 집중하던 고개를 들어 문득 하늘을 본다. 대체로는 맑은 날씨지만 북동쪽 하늘에 잿빛구름이 겹겹이 엉켜 다소 괴이스럽게 보인다.

중천을 지나는 달이 깊어진 시각을 알리는 중, 방금 전까지도 하나의 달만이 오롯이 떠있던 평화로운 밤하늘에, 또 다른 하나의 음습한 달이 주변을 검푸르게 물들이며, 구름 사이로 고개를 빼꼼 내밀어 나를 내려다보고 있다.

눈의 착시인지?

환각을 본 건지?

하늘이 이제 전혀 다른 두 개의 달을 잉태하고 있는 것이다.

도대체 이게 실상인지 허구인지?

Q...???

'내칭구'(평생동반자로서의 와이프를 애칭으로 '내칭구'라 부른다!)가 언제부터 애틋한 양맘이 되었는지? 다 저녁에 마른멸치 한 움쿰을 데크 한가운데에 뿌려 놓은 것이냐. 시간이 흐르고 밤이 깊어지자 마야흐로 먹이사냥이 시작된 것이다.

극도로 조심스러운 그의 경계심을 엿볼 수 있다. 이리저리 살피고 물러났다가 거실 창안의 미미한 움직임을 포착하면 흠칫 경계심을 드러내 보이고 다시 접근하기를 여러 번. 킁킁 냄새를 맡고, 발토닥을 해보고, 내 눈과 마주치면 웅크리고 앉아 한참을 미동않고 눈싸움을 하듯 빤히 쏘아본다.

겁에 질린 듯한 동그란 푸른 눈이다.

아마 티브이 불빛이 내 눈에도 투영반사되어, 그의 눈엔 내가 어둠 속에서 이글거리는 거대한 포식자나 흉측한 괴물로 보였을지도 모른다. 공격성이 더 이상 없는 걸로 판단해서인지, 다시 먹이를 향해 그들 특유의 말랑발로 살금살금 접근해 갔고 조금씩 먹이를 취하기 시작했다.

짐작건대, 바깥소리가 귀에 전해지지 않고 있지만,
무언가를 성취했을 때 내는 특유의 신음을 토해내고 있을 터이다.

'앙 아앙.'
'아웅 아흐웅.'
획득물을 취하는 내내 씹어 삼키고 두리번거리기를 반복하며 추호의 방심도 보이려 하지 않았다. 저렇게 불안감을 갖고서야 아무리 멸치의 고소한 맛이라도 제대로 음미할 겨를이 없을 것 같다. 체하기라도 하면 어쩌나? 극도의 가난에 찌들어 있던 누님들과 조카에게 줄 빵 몇조각을 훔친 장 발장의 마음이 저렸을까? 그래도 그는 가족에 대한 책임감과 안타까운 마음은 있지 않았던가?

그와 불과 2~3m 이내 대척점에 꼼짝 않고 앉아 바라보고 있자니 왠지 문득 애절하고 처절한 마음마저 든다. 차츰 그가 내게 뒤돌아 등을 보이며 한층 더 대담해진 듯 하나, 그래도 끝까지 경계심을 놓지 못하고 있다. 물론 인간도 마찬가지지만 욕심이 극도로 고조된 절정의 순간엔 헛점을 보이게 되고 살짝 경계심을 푸는 듯,

어쩔 수 없는 빈틈이 있어 보였지만 말이다.

등을 보여서는 절대 안 된다.
탐욕을 적절히 억누를 줄 알아야 된다.
탐욕의 절정 바로 직전이
가장 허술하고 위험한 것이다.

악마는 항상
그 빈틈을 노려
침입한다고 한다.

다른 놈들이 들이닥치기 전에 그 많던 마른 멸치를 순식간에 게걸스럽게 먹어 치우고는 한동안 그 장소를 맴돌며 아쉬운 미련을 남기고서야, 이제 포만감으로 가득 찬 데크를 떠나 조용히 사라져 갔다.

마치 입덧을 심하게 하는 만삭의 임산부 유령이 시큼달콤한 햇자두를 우거적우거적 맘껏 깨물어 먹고는, 그 무거운 몸으로 어그적어그적 먼 단잠의 요람 속으로 사라지 듯이…

원초적 탐욕으로 가득찬 세상!

나부터 먹고 보자.

나부터 살고 보자.

내가 1등이다.

다 내 거

3.
생존경쟁속 위너는 언제나 하나
나머지들은 모두 루저...!!!

결국 위너는 먼저 먹이를 찾은 한 놈뿐…!

그들의 독특한 울음 신호나 동물 특유의 페르몬 감응으로 가족을 잔칫상으로 불러내는 일은 결코 없었다.

네 발로 기어 다니니 들고 갈 수도 없고, 주머니가 따로 없으니 넣어 갈 수도 없고 핑계가 그럴싸하다. 구실은 언제든 만들면 되는 것이니까 말이다.

나부터 먹고 보자.

나부터 살고 보자.

내가 1등이다.

다 내 거.

나는 선택된 존재다.

스스로 최면에 빠져든다.

아마 그들이 야심한 밤에도 함께 몰려 다녔다면, 더 먼저 더 많이 차지하려는 먹이 사냥에 그 소란이 가관이 아니었으리라. 그때라도 역시 힘 있고 약삭빠른 놈들이 더 취할 것이고, 나약한 놈은 뒷전으로 밀려나 그 차례를 기다리겠지만, 남는 건 빈 그릇 핥아내기뿐 아니겠는가?

인간사와 꼭 빼닮은 꼴이다.

세상이 탐욕스러운 속물근성에 가득 차 서로 많이 차지하려 밀치고 끌어내리고, 싸우고, 죽이고 죽고, 배신하고 증오하듯이.

먹는 것은 그들 세계에 있어서 가장 기본적이고도 본능적인 필사의 행동패턴이기 때문이다.

절대 양보할 수 없는 것이다.

자연생태계 내에서 벌어지는 먹이사슬이나 약육강식, 승자독식 등 적자생존의 법칙을 뭐라 할 수는 없지 않겠는가?

나를 레드에 치환해 본다.

아니 고양이 레드가 내 정신세계에 불쑥 끼어 들어와 나를 갈갈이 분해해 버리고 말겠다는 듯 꿰뚫어 나를 바라본다. 나도 별반 다르지 않은 삶을 살아오고 있음을 안다. 어려서부터 경쟁심과 탐욕과 질시에 가득한 모습으로 내내 여유 없이 팍팍한 인생 길이었다. 천상천하 유아독존식의 오만한 사고 속에 남들을 누르고 무시하며, 내 안에 또 다른 나를 흠뻑 버무려왔다.

엄연히 두 개의 내가 얽히고설켜 존재함이다. 그래도 영혼만큼은 본능과 이성을 오가며 결코 세속에 오염되지 않고, 악마의 꾐에 빠져들지도 않고, 순수성을 유지하도록 무던한 애를 쓰며 지켜내려 하지 않았나.

지극히 단편적인 모습의 도둑고양이 레드를 탐색하고 관찰하며, 난 지금 무엇을 보고있는가?

영혼마저 탐욕의 늪에 빼앗겨버리면 그 즉시 나는 상실이다. 옛 영화 속 '이리나'와 같은 반인반수 캣피플이 되어 고양이 마을에서 길을 잃는다.

탐욕으로 가득 찬 세상!

그건…

살아 있다 해도 지옥!

죽어도 지옥!

영혼의 상실은 결국 지옥을 의미한다.

왜 모든 생명이 죽지 않으려고 발버둥 치는가?

천국이란 반드시 죽어야만 갈 수 있는

먼먼 길에 있는 것은 아니다.

만일 사후에라야 천국이 도래한다면

서로들 무슨 수를 써서라도

빨리 죽으려 하지 않겠는가?

탄생 자체까지도 부정되는 것이다.

생의 과정마저도 송두리째 무너지고

그 가치와 의미를 상실하고 말 것이다.

다만,

모든 이의 생 전체가 송두리째 천국을 의미하지 않기에, 각자의
삶 속에서 가급적 사악한 악에 빠져들지 않고 탐욕을 적정히 절제
해가며 올바른 영혼을 잘 지켜 살아가는 것 아니겠나.

결국 천국이나 지옥은 자신의 마음속에서 만들어지는 것이다.

천국은 늘상 핑크빛이 아니다.

꽃밭처럼 화려하고 성전처럼 거룩하지도 않다.

금은보화 가득 풍요로운 곳만도 아니다.

영화나 꿈속을 떠돌아다니지도 않는다.

결코 환상과 환각으로 눈멀지 않는다.

매일매일 보편적으로 다가오는 현실이고 실상인 것이다.

(참고로 여기서 얘기하는 신이나 천국, 지옥, 사탄, 악마 등의 용어는 절대 종교적 의미로 쓰인 게 아니라, 나의 일반관념을 갖고 쓴 것임을 미리 밝혀두고자 한다.)

이 시간.

내가 지금 머무는 일상 속의 바로 이곳이

언제나 천국이고 평화이고 행복이니,

절대 길을 잃고 헤메지 않으리라.

영혼이 순수 속에 온전히 머물게 하리라.

그러면 신의 구원이 있으리라.

4.
두려움은 호기심으로

어느덧 밤의 두려움이 묘한 호기심으로 변해갔고, 그 호기심이 다시 친밀감으로 다가왔다. 그 친밀감은 내가 대학교 신입생시절 동대문구 신답동 작은집에 거처를 두고 외지생활을 할 때, 딴은 다소나마라도 고독감을 달래 볼 요량으로 수고양이 새끼 한 마리를 길러봐서 느꼈던 체험적 유대감이다.

이 밤에 그의 가족은 다 어디 두고 홀로 외톨이되어 먹이 사냥에 나선 걸까? 궁금해졌다.

오늘 하루 종일 쫄쫄 굶은 걸까? 어쩜 패밀리들로부터 집단 이지메를 당한 제일 약한 놈일 수도 있을 것이다. 그것도 아니라면 후각신경이 가장 발달해 있거나 매우 부지런한 놈이거나.

진짜 정답은 운수가 대통한 놈인지도 모를 일이다.

극심한 배고픔으로 헛헛함과 상실감에 빠져들어 한스러운 세상

비관 속에 나 홀로 밤 사냥에 나섰다가, 우연찮게 길가에 떨어진 한 쌍의 황금두꺼비가 든 복주머니를 주워들고, '참 세상은 살 만해! 죽으란 법은 없어.'라고 중중거리며 들릴 듯 말 듯한 탄성을 치듯 말이다.

여기서 잠깐 그들의 가족 소개를 하자면….

눈치가 9단으로 경계심이 아주 강하며, 다소 흉칙맞고 징그러운 인상을 가진 검은 수컷 '네로'. 돌발적으로 마주치게 되면 내가 먼저 눈길을 접고 피하 듯, 쏘아보는 듯한 노란 눈동자의 공포스러운 분위기가 무섭기노 하고 압노하는 포스가 남나르다.

애드거 앨런 포의 '검은고양이'처럼 완전히 몸 전체가 시커먼 숯 검정의 고양이는 아니었고, 목덜미 한편에 흰 반점이 살짝 박혀있어 그나마 덜 공포스럽기에, 차마 '플루토'란 이름은 주지 못했고 그냥 넉넉히 네로라 지었다.

한편 네로가 간간이 띄엄띄엄 어미와 새끼들을 찾는 걸 보면 본부인은 아닐 테고, 아마 짐작건대 중간에 바람나서 사귄 둘째 부인쯤으로 예상되는 섹시하고 요염한 인상의 황갈색 암컷 '포페아', 역사 속 네로황제의 두 번째 부인 이름이기도 하듯, 뭇 사내고양이의 혼을 꽤나 홀렸을 만한 야시시한 푸른 눈을 갖고있다.

이들 떠돌이 집시 부부 사이에서 태어난, 민첩하고 검은 얼룩무

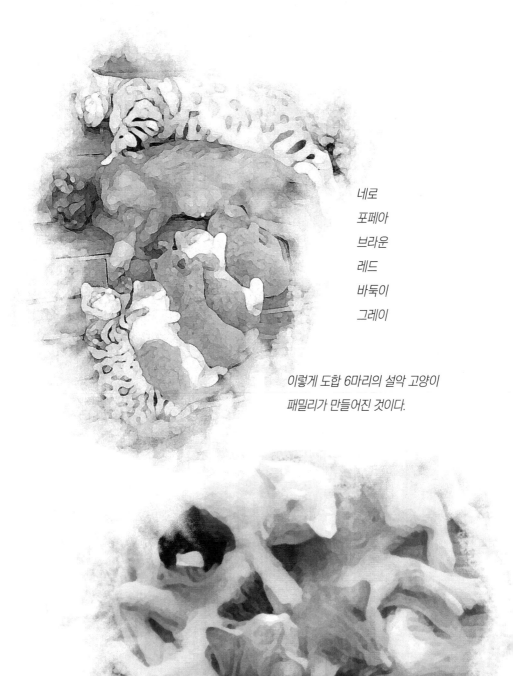

네로

포페아

브라운

레드

바둑이

그레이

이렇게 도합 6마리의 설악 고양이

패밀리가 만들어진 것이다.

늬가 돋보이는 진갈색 '브라운'.

형제 자매 중 체구가 가장 작고 여려 보이면서 몸통 가득 검붉은 가로줄 무늬를 두른 적갈색 '레드'.

강렬한 인상은 아빠 네로를 꼭 빼닮았고, 몸통을 위아래 둘로 나눠볼 때, 흰색 하부와 검정 상부를 가진 '바둑이', 짙은 잿빛이 우월해서 그런지 다소 음침하고 우울해 보이는 '그레이'.

이렇게 도합 6마리의 설악 고양이패밀리가 만들어진 것이다. 이름은 편의적으로 구분하기 위해 그냥 붙여본 것이지 실제로 그들을 마주하고 불러본 건 아니다. 혹여 불러 봤다면, 그 아무도 관심이 없거나, 아니면 다들 동시 패션으로 뒤돌아보았을 것이다.

추측건대, 그들이 그들끼리 부르는 이름이나 언어는 엄연히 있을 것이다. 아니다, 아예 없을지도 모른다.

엄마 아빠! 야!

이리 와.

저리 가.

따라 와.

뛰어. 도망 가.

야 밥이다! 먹어.

조심해. 숨어.

시끄러. 자자.

좋아 싫어!

아파 등.

몇몇 포괄적 음성 신호 또는 페르몬 감응 반응이 그들 세계의
질서를 단순 통제하고 있을 수 있다는 생각이 들기도 한다.

새끼들 털색이나 행동 패턴도 각양각색이다. 유전자 속 색채 구
성이나 성격 형성 인자가 서로 다르기 때문이리라. 아마 인간으로
치자면 'O'형과 'AB'형의 만남인 듯하다. 근데 고양이는 'O'형은 없
고, 90%가 'A'형이고 드물게 'AB'형과 'B'형이 있다고 한다. 사람과
마찬가지겠지만, 애완묘가 다쳐 동물병원에서 수혈할 때 혈액형 조
합이 맞아야한다니까, 참고해야 할 중요인자인 건 틀리지 않을 것
이다.

또 조막만 한 머리통에 나쁜 기억력을 가진 고양이가 그들 가족
을 잘 구분해내기 위한 절묘한 색깔선택이었을 수도 있겠다.

나는 참고로 'AB'형인데, 인터넷상 그 특징은 시크하고 냉정하
며, 세상 비관적, 비판적으로 본인 주관이 뚜렷하고 근심 걱정 많
은 천재형 또라이과라 한다.

5.
레드의 눈에 비친
역시 헷갈리는 나란 캐릭터!

글쎄. 염세적이고 간혹 냉소적이면서도 스트레스를 잘 받는 것은 분명한데, 시크하다던지 비판적이라든지 또라이라든지는 다 잘 맞는지는 모르겠다.

감정 기복이 의외로 크고 성격은 급한 편으로 조금은 나 잘난 척 고집스럽게 살 듯이, 반골기질 또한 다소 갖고 있는 것 같다.

급한 성격의 실제 예를 하나만 들어보자면, 식탁에 다 같이 모여 앉아 식사할 때 식구 모두가 사골 곰국에

밥을 말아 먹거나 함께 양푼비빔밥을 먹는 경우가 있다.

근데 유심히 관찰해 보니 다른 식구들은 하나같이 한 스푼 떠서 입에 넣고는 대개는 빈 스푼을 내려놓고 입속의 음식을 먹은 후에야 다음 또 한 스푼을 떠 먹는데, 나는 빈 스푼을 남겨두지 못하고 바로 다음 한 스푼을 더 떠 놓음과 동시에 입에 든 음식을 먹는다. 속도가 두배는 빠르다.

아마 어려서부터 더 빨리, 더 많이 먹으려는 욕심이 습관처럼 굳어진 건지. 아무튼 적당한 예인지는 모르겠지만 단적으로 본 급한 내 성격이다.

매사 완벽을 추구하기를 바라왔고, 허점이 외부로 노출되면 창피하고 자신이 실망스러워진다.

위로 형이 둘이나 있었는데, 큰형은 내가 태어나기도 전에 '결핵성 후만증'으로 죽었다 하고, 둘째형은 춘천교대에 다니다가 휴학 중 미지의 사고로 죽었다. 아직까지도 정확한 사망원인을 모르고 있고 가해자도 모른다. 유골은 팔당댐 아래 한강물에 뿌려졌지만 지금도 구천을 맴돌며 떠나가지 못하고 있을 것이다. 언젠가는 내가 형의 죽음을 글로써나마 소상히 밝혀야 할 몫이다.

벌써 40여 년 전, 내가 대학 4학년일 때 일이지만 늘 내 곁에 남아 진한 슬픔을 주고 있다. 그 형과는 싸우기도 많이하고 샘도 많이 내며 컸지만, 태권도 등 운동도 잘했고 여자처럼 예쁘장하니 잘 생겨서, 늘 내 마음의 우상으로 여기며 쫓아다니고 했었다.

나의 우주가 무너지는 큰 슬픔을 맛본 첫 경험으로 남아있다. 어쩌다가 내가 맏이가 된 것이다.

그 이후로 겉으로는 먼저 떠난 형들을 대신한 장남으로서, 더 책임감 있고 추호의 빈틈도 없이 가문을 대표해 뭔가 큰사람이 되어보겠다고 늘 다짐하고 살았다. 어려서부터도 공부도 그렇고 운동이나 사소한 경쟁도 그렇고, 남들한테 지기싫어하는 경쟁의식 또한 강하나. 그래서 공부 하나는 잘했나 보나.

그러나 정작 내실은 허점투성이에 버벅거리기 일쑤고 철저한 자기합리회주의자랄까?

매사 모든 일도 그렇고 남들의 나에 대한 평가도 그렇고, 부정적 'no맨'보다는 긍정적 'yes맨'을 선호한다. 내가 제일이라는 생각에 나에 대한 반대, 부정의식에 철벽을 쳤던 건 아닌지.

그래서 아집과 독선이 유독 센 편이나 그럼에도 한번 주관이 무너지기 시작하면 깡그리 무너지고마는 나약한 의지력.

나이가 들을 만큼 들었다 해도 아직은 한참 덜 익은 감이다. 푹 익은 연시를 맛보기 위해서는 아직 한참을 더 살아야 할 것 같기도 하다.

어차피 삶은 천국이니까…!
어떤 구실에서라도 오래 살고 싶음이다.

당시 피아노를 에이스급으로 잘 치던 원주 시내 갑부집 딸이라는 '정수영'이란 친구가 돌발적으로 우산 속을 뛰어 들어와, 우산목을 잡고 있는 뭉툭뭉툭 내 거친 손을 고사리 같이 보드라운 손으로 꼭 잡아주던 볼 빨갰던 생각! 어린 나이에도 손톱 끝에 새까만 때가 끼어 더 당황스럽고 난처했다. 수영이 혼자 일방으로 썸을 탔다고나 할까? 은근히 나를 좋아했던 친구다.

노래(동요)를 너무 잘 불러 원주 kbs방송국의 어린이합창단원이었던 새침떼기 '곽순임'이란 친구가 우산도 없이 비를 맞고 가는 걸 보고, 찢어진 내 우산을 길바닥에 휙 던져주며 '야 너 써.' 내뱉고는 뒤도 돌아보지 않고 비 쫄딱 달아났던, 열나 창피하고 부끄럽던 생각! 내가 좋아했던 친구다!

구멍 숭숭 뚫리고 살이 부러진 푸른 비닐우산을 빙빙빙 돌려 빗물 튀기기와 흙탕물 장난질을 쳐대며, 비 맞은 생쥐 꼴로 등하교하던 생각들과 그로 인해 여름감기로 고생했던 생각!

'봉산천'새다리 난간에 한 시간 이상을 턱을 괴고 서서, 붉은 진흙탕물로 변한 개천의 콸콸 소용돌이치며 흘러가는 모습에 넋이 빠져라 쳐다보던 생각들…!

'저기 봐라', '어디? 어디?', '저기 검정돼지가 떠내려 간다…!'

국민학교 어릴 적 소꿉친구들의 비닐우산 속 동심을 즐겨 소환하며 입가에 '어촌소'(어줍잖고 촌스러운 나의 미소)를 머금는다(그리운 국민학교 친구들 이름은 그냥 실명을 썼다).

다 큰 어른이 되어서까지도 한여름 소낙비 맞기를 유난히도 즐기고 좋아하며, 마치 장마를 기다리는 낙에 봄을 사는 마냥 벨낭 꼴리고 센티멘털한 정서가 늘 마음 한편에 자리하고 있다.

간혹 고독을 즐기는 편이지만, 즐긴다기보다 너무 깊이 집착하는 편이라 세상이 무너져 내리듯 슬프도록 아프다. 그럴 때 간혹 그리운 둘째 형을 소환해 내서 마음의 위안을 얻곤 한다.

여자들을 보는 인식도, 근본은 페미니스트이지만 돌아가신 절대자로서의 엄니 외에는 고양이를 보는 상반된 인식과 별반 다르지않게 선호가 뚜렷이 갈린다.

백치마냥 순진무구함 속에도 내재된 그만의 개성과 숨은 매력이 물씬 묻어나는 여자!

머리에 든 것이 많아도 겉으로 드러내지 않고 겸손한 은근미 넘치는 여자!

늘 환하고 맑은 미소를 가진 에너지가 솔솔 넘치는 긍정적 사고의 여자!

세속에 닳고 닳아 세련되고 능란함보다는, 수치심과 부끄러움에 다소곳 얼굴붉힐 줄 아는 여자.

그런 여자라면 모두 다, 늘 곁에 가까이 두고, 친구도 하고, 가족도 하고, 연인도 하고, 함께하고 싶음이다.

어찌 보면 모든 걸 다 원하는 탐욕자다!

욕심의 끝이 보이지 않는다.

약자, 병자 등 가여운 처지의 사람들이나 들판에 피어난 이름 모를 야생화를 보고 그냥 지나치지 못하듯, 항상 감성에 치우치면서도 옳고 그름을 끝까지 따지고 규명하는 논리적, 이성적 판단이 나를 반씩 나눠 지배하고 있다. 무데뽀 고집불통의 변덕쟁이 기질인 것이다. 뚜렷한 가닥이 잡히질 않는다. 도대체 나는 인생을 어떻게 살아온 건지?

정체성을 의심한다.

머리가 복잡해져 온다.

아무한테나 스스럼없이 말을 걸고 금방 친해져, 온종일 수다를 떨며 푼수마냥 살아가는 사람들이 몹시 부러울 때가 많다. 남들한테 무시당하고 욕들어 먹어도 전혀 열받지않고 창피한 줄 모르며, 마냥 허허실실 웃어대는 쓸개도 없는 그들이 참 편한 듯 친근하게 다가온다.

온갖 스트레스를 받아도 곰처럼 금새 둥글둥글 잊어버리는 단순한 성격이 최고라는 생각이 든다.

왠지 부족함이 새로움을 더 적극적으로 담아낼 수 있을 것 같고, 모자람이 더 인간스럽고 아름다워 보이는 것이다.

늘 채워져 있음은

자칫 배부른 오만일 수 있고,

성취동기가 사라진 무기력함과 나태함일 수 있다.

근데 난…?

모든 걸 두 손아귀에 꼭 움켜쥔 채 놓지 못하고, 비워지면 또 곧

바로 채워야 직성이 풀리듯 빈 세상, 빈 마음으로 가볍게, 단순하고 물흐르 듯 쉽게쉽게 살지 못하고, 항상 욕심 속에 싸여 살면서 한 고비 한고비 힘들고 어렵게 살아온 건 아닌지?

탐욕을 움켜쥔 두 손아귀가 아픔으로 저려온다.

설악마을에서는 나를 멀리에서 몇 번 지나치며 인사만 나누었던 사람들은, 분위기 있고 멋드러진 예술가 스타일이라고도 하고, 배려심 깊은 성직자나 인자하고 지성미 있는 선생님 스타일이라 짐작하기도 했단다. 좋은 평가에 감사하기는 하나 어디까지나 나의 허울이다.

또 다른 한편 그보다 조금 더 나를 가까이 접해 본 사람들은, 진담 반 농담 반으로 나를 차도남(차가운 도시남자)이라 깎아내리기도 한다는 걸 안다. 내 영혼에 내재된 차가운 기운을 느꼈을 것이다.
못 되고 이기적인 또 다른 내가 몸뚱이 한편에 자리하고 있음이다.

그래서인지 간혹 영적 신앙심이 충만한 신도나 목사, 신부 등을 마주하면, 눈을 못 마주치고는 왠지 겁부터 덜컥 난다. 이런 이중적 혼돈에 빠진 나를 행여 사탄의 후예나 마귀로 보지 않을까 해서다.

눈앞에 검은 미사복을 한 퇴마사가 등장한다.

주석으로 제작해 고고하고 신성하게 보이는 성배에 찰랑찰랑 넘치도록 담긴 적포도주를 강제로 입 벌려 들이붓고 있다.

퇴마사로 둔갑한 레드가 창밖에서 나를 노려보고 있다. 그 앞에 옴짝달싹 꼼짝을 못 하고 누워 있는 모습이 마치 '고양이 앞에 쥐새끼 꼴'이다.

주름진 이마 위에 은빛 십자가를 들이대고, 1급수 북한강 상류에서 특수조달한 성수를 마구 뿌려댄다.

급기야는 벼락 맞은 대추나무 말뚝 대못을 심장에 깊이 박아넣는다.

갑자기 거실 창이 금이 가기 시작하고, 이내 산산조각으로 깨져 흐트러진다. 거센 비바람이 몰아치고 커튼이 펄럭이고 있다.

극한 발악의 몸부림과 신기의 공포스러운 공중부양으로 맞서보지만 결국엔 무너지고 만다.

항복이다! 모든 게 나의 탐욕스러움이 빚어낸 과오다.

힘 빠진 육신덩어리에 혼이 나가, 멍해진 나를 본다. 안쓰럽기도 하고 한심하기도 하다.

무엇이 잘못된 걸까?

어디서부터 이렇게 배배 꼬여있는 걸까?

이제 이런 나를 어찌해야만 하나?

레바논 출생 미국의 시인이자 예언가인 '칼릴 지브란'은 말한다.

'힘을 잃지 말아라!

걱정하지도 말아라!

용기를 가져야 한다.'

레드 녀석마저 또 고개를 갸우뚱거린다. 도무지 이해 못 하겠다는 투다. 하는 수 없다.

내가 너에게 나를 이해시키려는 노력이 손톱만큼도 없는데, 이 밤에 왜 불쑥 내게 끼어들었냐 말이다.

'Joys' home'이라 명명한 2층 양옥집!

단조로 만든 철대문 기둥 한편에 원목 표식판 명패를 걸어둔 집이 바로 오늘 밤 무대 데크를 제공해 준 실소유주다. 나는 '조'씨, 내칭구는 '이'씨. 두 성씨를 '조이(기쁨)'로 합성해 복수화해 이름지은 것이다.

남들이 촌스럽다 해도 내칭구는 전적으로 좋다고 하니, 그냥저 냥 내 멋에 만족하며 살고 있다.

그들의 나와바리는 온 동네와 주변 산 등 정처는 없지만, 출생지 는 분명 본채 옆 별실인 작업실 데크 아래다. 15평 내외의 연건평을 가진 작업실 1층 공간의 반은 홀이고, 나머지 절반은 중간에 미닫 이문으로 일부를 막아, 주로 농사와 관련된 기구와 공구들을 보관 하는 창고 역할이다.

창고 쪽 진출입을 위한 별도 한 개의 문을 더 내 여닫이문도 두 개로 만들었다.

1층 안쪽 한 귀퉁이 좁고 가파른 계단을 타고 올라서는 2층은 책상과 의자와 책들이 있어 독서삼매 경에 빠지기 안성맞춤이고, 이젤과 소묘석고상들, 각종 수채화 도구와 그림 몇 점이 진열되어 있고, 영화감상을 위한 롤스크린과 빔 프로젝터, 그리고 종로2가 허리우드상가에서 조달한 통기타와 보면대, 엠프 등이 오밀조밀 들 어찬 그야말로 나만의 아지트인 일종의 아틀리에인 셈이다.

자칭 내 아지트라 여기는 작업실의 1층 그 아래 바닥 층의 지면부.
철근콘크리트로 기초한 바닥 위에 약 60cm 정도 띄워 필로티 형태의 철골조로 시공했기에, 1층부 아랫단 어두컴컴하게 텅 빈 그 곳이 그들의 천혜 아지트로 활용될 수 있었으리라.

이른 봄 4월 말이었던가?

내칭구의 전언으로 안 거지만, 쩔쩔매며 어쩔 줄 몰라 하는 네로가 곁에서 지켜보는 가운데, 산통으로 아기울음 비슷한 신음을 토해내면서 한 마리 한 마리를 출산하는 포페아의 모습을 본채 쪽 데크 먼 편에서 애처롭게 바라본 적이 있다 했다.

특별한 일이나 신기한 일을 대하거나, 심지어는 시시콜콜한 사소한 문제들까지도 어김없이 나를 불러 공유할 내칭구지만, 행여 성스러운 출산을 방해할까 못 알렸던 탓이다.

작업실은 크고 화려하지는 않지만, 나의 작은 꿈이고, 오랜 소망이고, 도피처이자 쉼이다.

이 계절 스마트폰 속 '카카오뮤직'을 블루투스 스피커로 옮겨 쩡쩡거리게 틀어 놓고는, 2층 마루바닥서 나른나른 오수에 빠지는 것 또한 내겐 무한리필 행복이다.

외부의 간섭이 배제된 오롯한 공간이다.

점심식사 때가 되면 내칭구가 텃밭 가득 수확한 상추된장 쌈밥을 정성스레 준비하곤 얼른 건너오라고 재촉전화나 카톡을 때린다. 나는 그 시간쯤 작업실 2층에서 연필 풍경스케치에 푹 빠져들어, 바로 밖에서 벌어지는 새로운 소우주의 탄생을 까맣게 모르고 있었던 것이다.

어느 한 곳에 온 신경을 집중하게 되면, 여타 다른 곳을 향하는 시청각 세포 자체가 모두 닫혀 마비되는가 싶다.

이후 한동안 새끼고양이의 울음소리를 자주 들은 적이 있었고 솜털 병아리 같은 크기의 새끼들을 종종 목격하기도 했지만, 엄마 포페아의 경계 속에 철저히 보호되던 시절이라, 그리 많은 모습을 허용하지는 않았다. 그곳은 시야로부터 은폐 엄폐가 되고 비바람을 피할 수 있는가 하면, 동네 개나 산혹 출몰하는 너구리, 멧돼지 그리고 하늘 공격수 수리, 까마귀 등 타 천적으로부터도 비교적 안전했던 덕이다. 그 아지트에 연해 바로 앞 텃밭 고랑 흙길에, 잡초를 예방하기 위해 이른 봄 검은 부직포를 깔아놨는데, 이곳이 이들의 주간 놀이터다. 낮 동안 햇살 덕분에 늘 뽀송하고 따스했기 때문이다. 까칠까칠한 촉감 또한 그들이 부비부비하기에 안성맞춤인 곳이다.

인간들 취향과 너무나도 쏙 빼닮은 점이다.

일주일을 '4도 3촌'으로 나눠, 월~목 평일엔 남양주의 아파트서

제2아지트인 송파사무실로 출퇴근하고, 보통 목요일이나 금요 설악에 와서 일요일 날 아파트로 돌아간다.

주말에 도착해서 정원을 한 바퀴 둘러볼 때면 예외 없이, 그곳에서 노닥거리던 놈들이 후다닥 줄행랑을 치곤 했다. 새끼 네 마리가 서로 엉켜 드잡이를 하거나, 거친 부직포를 발톱으로 긁어 뜯는다든지, 밭이랑 흙을 파헤쳐 대소변을 보고는 다시 덮는다든지, 배벌렁 나른나른 낮잠을 즐긴다든지, 때론 파종된 씨앗을 뒤집어 엎기도 하고, 토마토나 고추 새싹을 물어뜯는 일도 종종 있어, 내칭구한테는 여간 귀찮고 신경 쓰이는 존재가 아닐 수 없다.

요즘은 조금 컸다고 배짱이 부쩍 는 건지? 내칭구가 밭일할 때 그냥 도망도 안 가고 스스럼 없이 그곳에 머물며 논다고도 들었는데, 내가 다가가면 예외 없이 36계 줄행랑이다.

짐승들 보기에도 내가 별로 맘에 안 드는가 보다. 왠지 얄밉고 섭섭하기도 하지만 그들 나름대로 사람보는 눈이 있는 듯 싶다. 내가 그들에게 온전히 마음을 다 열지 못하고 일정 거리의 경계심을 갖고 대하는 걸 알아차린 게 아니겠는가?

가까운 지인이나 직장, 사회, 측근으로부터의 배신과 이간질, 깊은 배반과 불신의 늪에 빠져 허우적거리며 터득한 일종의 방어적 대인기피증이랄까? 내가 두 손가락에 꼽아도 다 못채울 정도로, 식구들과 극히 신뢰하는 일부분의 몇몇 사람을 제외하고는, 익숙치 않은 대부분의 사람을 그렇게 대하듯이 말이다.

이 장에 이어 '배반의 딜레마'에 관해서는 다음 장에서 별도의 보충글을 싣고자 한다.

사실 인간이 제일 무섭다. 물론 가장 큰 힐링과 사랑, 보람과 행복 또한 인간으로부터 나온다는 걸 굳게 믿고 있지만, 그 정반대로 세상에 벌어지는 악행이나 좋지않은 일, 열받고 화나는 일, 근심스러운 일 등 삶 속 대부분의 스트레스는 인간관계에서 비롯된다고 믿고 있다. 그래서인지 친구가 많이 없고, 친적 간 왕래도 뜸한 편이다.

그들이 그러하듯, 스스로 일부러 억지로 스트레스요인을 만들 필요는 없지 않은가?

'함께 있으되 거리를 둬라.
그래서 하늘바람이 너희 사이에서 춤추게 하라.'
'칼릴 지브란'이 말한다.

또 한편으론, 앞에서도 언급된 바와 같이,

스스로도 얼굴도 인상도 성격도 그 모든 것이 맘에 안 들 때가 간혹 있기 때문이다.

인간인지 몬스터인지?
얼굴인지 몰골인지?

분간 못 할 때가 종종 있다.
그들 눈동자에 비친 내 모습인 것이다.

그래서 가끔씩 영험하기도 하고 섬뜩함이 드는 건 부인할 수 없지만, 아무리 그렇다고 해도 고양이는 새끼일 적엔 한편 귀엽기도 해서, 노리개로 가까이 두고 무의식 속에나마 일종의 모성 본능을 갖고서, 품고 쓰다듬고 보듬으며 잘 지내고 싶다는 독점욕이 강하게 들지만, 중노년이 되어 느글거리고 거들먹거리는 놈들은, 쏘아보는 듯한 푸른 망막에 샛노랑 세로형 눈초리가 금방이라도 오염된 내 영혼의 뒤안을 훤희 꿰뚫어 휘집는 듯해, 왠지 섬짓 공포감이 들기도 함은 부인할 수 없는 사실이다.

어느 동물이건 다 마찬가지로 중의적 인식과 느낌이 다르겠지만, 귀여운 새끼고양이를 마주할 때와 늙은 어미 고양이를 마주칠 때, 착하고 순한 놈과 못 되고 앙칼진 놈, 꼬질꼬질 더러운 놈과 말

쑥하고 정갈한 놈, 잘생기고 예쁜 놈과 흉측하고 못생긴 놈, 말 잘 듣는 놈과 잘 안 듣는 놈.

　그 인식과 느낌이 너무 다른 것이다.
　인간의 사물을 보는 본태적 이중성이려야 맞을지?

　이런 상반된 이중인식의 혼돈 속에서
　나는 가끔 내가 고양인지?
　고양이가 나인 건지?

　고양이 눈으로 세상을 보는 선시?
　인간의 눈으로 세상을 보는 건지?

　내가 고양이 마을에 빠져든 건지?
　아니면 고양이가 설악마을에 찾아든 건지? 헷갈릴 때가 있다.

6.
내부의 적!
가장 믿었던 자들의 배신

이전 챕터의 '내 캐릭터 형성과정'에서 잠깐 언급했던 내용이지만 배신과 배반의 늪 속에서 길을 잃고 헤맸던 에피소드를 하나 소개하고자 한다.

회사를 운영하다 보면, 이런 경우의 일들은 실상 1년에 꼭 두서너 차례씩은 찾아오기 마련이다.

그러니까 샐러리맨으로서의 세월은 차치하고라도 대표로서 20여 년을 되돌아보면, 적게는 60차례에서 많게는 100여 차례의 '내부의 적?' 즉, '불신의 딜레마'에 시달리고 있는 셈이다.

창립 당시 10여 명 안팎으로 시작했던 사세가, 최대로 확장했을 당시 연 매출 100억대와 임직원 50명 가까이 보유한 규모 있는 중

소기업으로 급성장해 갔다.

　남들이 어렵고 까다로워 기피하는 서울시의 일이 수주의 대부분이고 택지개발사업 등 민간부문의 일도 큰 한몫을 했다.

　한동안은 승승장구 잘나간 듯 했고, 그와 비례해서 급여, 사무실운영비, 재료 및 소모품비, 출장비, 성과품 제작비 등 고정비 지출과 회수가 불투명한 콤페티션나 프로포잘 비용 같은 선투자금이 증대하고, 수주, 영입비용 등 변동비지출이 상대적으로 눈덩이처럼 커지고 있었다.

　어려움은 돈 문제 뿐만이 아니다.

　일의 가짓수가 잡다하게 많다 보니 별별 일들을 다 겪었던 듯 싶다. 하물며 사기전과 국세청 출신 전관이 운영하는 사악한 회사의 사장을 대리한, 즉, 채권자를 자처한 그자에게 사주를 받은 조폭이,

내 방을 무단점유해 워커를 책상위로 올리고 악을 써대며 공갈, 협박하는 일까지 벌어졌던 일도 있었고, 한번은 인천 남동경찰서 수사과로부터 출두명령까지 받게 되는 일도 겹쳤다.

오전 10시부터 늦은 저녁까지 하루종일 조서를 꾸미고 확인 과정을 거쳤던 어처구니없던 일…!

영종도 '운*지구 구획정리사업' 용역과정서, 추석 밑에 기성금 2억을 수표로 받아가면서 조합장에게 반대급부로 수천만 원대의 뇌물을 줬다는 허위사실을 구실삼아, 아니면 그만이고 식의 시행사 고소가 있던 것이다.

결국 무고로 밝혀지기는 했지만, 황당무계하고 어이 없는 허위고발이었던 것이다. 그 시행사 'k'사장은 추후 '**일보'라는 언론사를 접수해 대표가 되어 있다고 들었는데 언젠가 명절 밑에 그로부터 명절선물을 보내라는 지시를 들었던지 여비서가 전화를 걸어 내 연락처와 주소를 확인한 바 있었으나, 내가 누군가? 일언지하에 거절했다.

그 언론사는 과연 제대로 운영되고 있을지 궁금하다.

그나저나 너무 갑자기 '규모의 경제'를 초월했던 탓일까?

작지만 알찬 것이, 속 빈 강정처럼 부풀어오른 허세보다 나을 때가 있음을 실감한다.

엎친 데 덮친 격으로 서울시장이 바뀌고 나서 일거리는 줄고 기성고는 바닥이 드러나고 있다.

그런 소용돌이 와중에 나름 가장 신임했던 'm'임원이 사표를 던진 것이다.

10여 년 전,

2010년대 초로 거슬러 오른다.

회사로서는 2000년대 초 창사 이래 최대의 힘든 위기 상황을 맞고 있었다.

'm'은 이전 직장에서의 동행까지를 포함해, 거슬러 10여 년 이상을 도시계획을 위해 온갖 고생과 보람을 함께했던 동고동락의 싶은 동지 관계였고, 눈빛만 봐도 서로의 처지나 입장, 전하려는 의사,생각을 파악할 정도의 사이였다고 굳게 믿고 있었다.

업계 최고의 보수와 대우를 책정하고, 회사의 주주로서 일정의 무상지분을 확보해 주었는가 하면 크진 않아도 짬짬이 배당금의 혜택까지 남들 몰래 나눠주곤 했다.

대학원 석사과정 이수를 위해 시간적 지원과 배려를 아끼지 않았고, 하물며 그의 잇몸치료 시 임프란트까지 경비지원을 서슴지 않고 해주었다.

권리와 배려가 '100'이라면, 회사 위기에 대한 책임은 '0'이었다.

회사를 설립한 이래로, 이제까지는 회사 자금 형편이 아무리 어려워도, 끌어모을 대로 끌어댄 대표 개인의 사비라든가 금융 대출에 힘입어 임직원 급여가 한 달도 미뤄진 적이 없이 그런대로 잘 넘어 갔다.

해마다 전 직원의 해외여행 특전을 제공하고, 업계 최초로 토요 휴무제를 실시하였음은 물론 사내 복지에도 힘을 기울여 나가며, 좀 더 새롭고 좋은, 선도적 회사 만들기에 주력했다.

적어도 직원들은 회사를 믿고, 회사는 직원들을 믿는 그런 류의, 오로지 정직과 신뢰를 바탕으로 하는 알찬 회사로 성장해 나갔다.

그러나 이번만큼은 더 이상 기댈 언덕이라곤 없다. 수금을 기댈 곳이 막막했던 것이다. 매일매일 침대 머리맡에는 양파를 썰어 담은 접시가 놓인다.

양파향이 정신을 맑게 하는 데다 심신안정 효과가 있다고 하고, 숙면에도 일정부분 도움이 된다고 해서다. 수면유도제보다야 민간요법이 더 낫지 않겠나? 하는 생각이었지만 여전히 밤잠을 설친다.

급여가 한 달이 밀렸다. 그 정도로는 아무도 동요하는 사람들이 없다. 그간의 믿음이 있어서일 게다.

두 달이 밀리고 나서는 분위기에 약간의 동요가 감지된다. 극히 미미한 동요다.

임원 'm'을 내방으로 불러 직원들에게 아무 걱정들 말고 회사를 믿으라고 당부를 전했다.

"잘 알겠습니다!" 힘이 있는 대답이 돌아온다.

그때까지만 해도 'm'의 태도에서 변함없는 충성과 신뢰를 읽어낸다. 심복이라고까지 믿고 정신적으로 의지했던 그다.

세 달째를 넘기고 있다.

그래도 아래 직급 직원들은 큰 동요가 없다. 다만, 간간히 생계비를 충당치 못하는 개별의 하소연이 들리고 있다. 직접 대놓고 불만을 얘기하지 못하지만 직원 눈빛을 보면 알 수 있는 측이다.

근데 예견치 못했던 고위 임원 둘이 사직서를 디민다. 둘 다 대학원 후배인 's'대 출신들이다. 하나는 건축, 하나는 환경조경 전공이다. 얼마 전 스카웃해 온, 그리 오래 근무한 임원들이 아니라서 그런지 충격은 상대적으로 크지 않았다.

고등학교 졸업 후 나의 대학교 학부 과정 도전에 쓰디쓴 실패를 안겨줬던 s대… 학창시절 내내 여친을 가까이하고 살았던 일탈에 대한 반대급부이자 업보아니었겠나. 4년을 방황하며 와신상담 끝에 영어와 전공 시험을 치러 당당히 장학금을 받고 합격했던 상아탑의 금배지.

그렇기에 그쪽 출신 둘을 어렵게 스카우트했던 거였고, 건축 전공의 한 친구는 사실 일 하나는 똑부러지게 잘했다고 인정한다.

그러나 제아무리 우수한 인재라 해도 이기적으로 업무를 대하는 자세와 애사심을 못 갖췄다면 더 이상의 미련은 없다. 일은 혼자 하는 게 아니고 팀으로 해야 하는 것이고 궁극적으로는 회사가 원하는 인재상은 아니기에 미련 없이 정리했다.

그것보다도 더 큰 충격을 가져온 건 전혀 예상치 못했던 'm'의 돌발행동이었다. 묵묵히 자리를 지키고 있는 직원들보다 최우선해 조건부 사직서를 낸 것이다. 다른 임원 하나와 의기투합해서 낸 용기(?) 있는 반란이었던 것이다.

회사를 믿지 못하겠다는 투다. 운영권 일부를 넘겨달라는 식이다. 자기가 갈 길은 이미 정해놓고 하는 주장이란 걸 안다. 아무런 책임도 지지 않는 그들의 손아귀에 넣어 회사를 말아먹겠다는 의미로 받아들여진다.

책임은 쏙 빼놓고 권한만을 나눠달란 얘기다. 사직을 염두에 둔 자기변명과 이유찾기 게임이다. 너무 큰 실망감에 휩싸여 단칼로 베어버리듯, 거절했다. 받아들일 수 없는 제안이었던 것이다.

배반감과 섭섭함이, 동지 섣달 한기 품은 찬바람처럼 밀려들고 있다. 해서는 안 될 말과 보여서는 안 될 추태를 부리며, 인연을 절연으로 마무리하려는 투다.

너무 큰 권한과 신뢰를 남발하면 그걸 은혜로 받아들이는 게 아니라 이용해 먹는 것이다. 그래도 미련이 남아 옥신각신 우여곡절이 많았지만, 결국 사표를 수리했다.

에효~! 결심하긴 힘들어도 하고 나면 속이 후련해진다.

회사야 어찌 됐든 자기만은 먼저 살길 찾아야겠다는 것이 그의 눈빛 속에 읽힌다.

사람들은 정말 힘들고 어려울 때 진면목이 나타난다고, 이제야 그의 진면목을 보고 있는 것이다.

제1본부장 직책인 그가 맡은 프로젝트들은 하나같이 엉망진창으로 길고 길게 늘어지고 있다. 결정적인 순간에, 가장 문제 많은 프로젝트들을 나 몰라라 내던지고 홀가분히 떠나겠다는 것이다.

'IMF'로 모든 회사가 역시, 경영이 어려웠던 시절!

전 직장 샐러리맨 시절에서도 한 번, 또 다른 문제로 부서장인 나를 크게 실망시킨 전례가 있던 친구라, 더 이상의 믿음을 견지할 수 없었기 때문이다. 결정적인 순간에 믿음을 저버리는 것이다.

그는 퇴사 이후에 경기도의 '007고양이'란 별칭을 가진 대표가

운영하는 회사에 입사해 배신으로 얻은 반대급부를 톡톡히 나누고 있다 하니 그의 이기적 선택이 옳았던 건지도 모를 일이다.

이후 회사는 사직의 도미노가 쓰나미 물결처럼 휘젓고 있다. 대폭의 인적수술이 불가피했던 것이다.

충직스럽고 일 잘하는, 남겨진 자들의 각고의 노력과 고통 분담이 힘든 시기를 함께했다. 오히려 회사로서는 전화위복의 대기회를 맞게 되었고, 건강하고 슬림화된 전사들의 노력과 희생에 힘입어 점차로 정상궤도를 다시 찾게 된 것이다.

영영 잊히지 않고, 메슥거리는 가슴 한편에 저장된, 씁쓸하기만 했던 '배반의 트라우마'한 편이다.

하나둘씩, 배반의 상처가 겹겹이 쌓여 나를 힘들게 한다. 하지만 이보다 더한 배반의 미래가 나의 앞길에 놓여 있다는 걸, 당시에 짐작이나 하고 있었을까? 아무것도 모르는 원석을 발굴해 가르치고 갈고닦아 보석으로 만들어 내고, 내 모든 권리를 하나씩 부여하며 키워내고 나면, 후엔 그 권리 위에 군림하며 오히려 교묘히 이용하려 든다. 언제 병아리 시절이 있었냐는 투다. 자기 스스로 그렇게 된 줄 아는 착각에 빠져든다. 그릇된 사고 속에 권리는 만용을 낳고, 만용은 일탈과 부정부패를 일삼는다. 초기적 신뢰는 땅에 떨어진 지 오래다. 정도를 너무 벗어나 통제가 힘들 지경이다. 오래전부터 배신은 시작되고 있었다. 한 권의 장편 분량으로 극화해도 차고 넘칠 듯하다. 인간불신의 응어리를 가슴 가득 쌓아 안고 버텨낸 시절의 남은 이야기보따리들을 고양이 마을 제2막에서 한 톨도 남김없이 풀어낼 기회가 있을지 잘 모르겠다.

위 속에서 소화되다 만 음식 찌꺼기를 다시 입으로 토해 올려 되새기기조차 싫은 상처이기 때문이다. 미래는 신만이 아는 것 아니겠는가?

배신의 인간보다 충직스러운 개나 고양이가 더 좋을 때가 바로 이런 순간이다.

그치만 이젠 모든 상처를 덮고 인간을 더 믿고 사랑하련다. 그런 마음에 천국의 기운이 깃들기 때문이다.

7.
붉은 여행!
최악의 고양이 마을...

포만감으로 가득찬 레드가 어그적거리며 사라진 무대위엔, 어느
새 붉은 고양이떼가 가득하다.

붉은 고양이가 울어댄다.
그 울음은 위선으로 가장하고 있다.

가장 사악한 울음이다.

온몸이 다 붉은 고양이다.
눈, 귀가 온통 다 붉다.

붉은 것만 보이고 붉은 소리만 들린다.

악마 폴 포트가 산더미처럼
남긴 유골들과
폴란드 아우슈비츠 수용소에
떠도는 붉은 유령들…

붉은 원망의 한 복판에 내가 서 있다.

수용소 상공으로 날아들던
다른 악마들도

피눈물을 쏟으며 하늘 멀리로
달아나 버린다.

붉은 하늘에 붉은 태양이 뜨고
붉은 바람, 붉은 비가 내린다.

인생이나 부부관계, 때론 친구 사이에서도 권태기가 있듯이, 글은 점점 지리하고 딱딱하게 변질될 수 있는 전개과정으로 다가서고 있다.

사실 이 파트는 너무 난해하여 큰 담론으로 비약할 우려도 있는 데다가 어디쯤에 편집해 넣어야 좋을 지도 몰라 뺄까 말까 망설였지만, 레드가 자꾸 '창 속의 저놈 뭐지?, 도대체 정체가 뭐야?' 하며 끊임없이 의심의 눈초리를 보내는 것 같아 챕터를 하나 더 달아넣기로 결정했다.

사상이나 이념, 관념적 측면에서 나는 어디쯤에 서 있는 걸까?

옳고 그름, 진리와 정의, 도덕과 윤리가 항상 나의 삶을 지탱해주는 원동력이었다 해도, 특정 사상이념에 지배되어 상호간의 연결을 시도하지 않았던 걸로 확신하고 있다.
언제나 늘 상식과 보편성에 기반을 두고 모든 걸 생각하고 판단하며 살아 왔다. 삶 속에 사상이나 이념을 개입시키지는 않은 것이다.

어느 한편의 이념만을 머릿속에 정립해 놓고 모든 일상을 그에 맞게 합리화하고 짜맞추며 살기엔, 내가 무지하기도 한 데다 너무 복잡하고 난해한 문제라 아예 관심권에 두지 않았는지도 모른다.

현존하는 공산국가, 사회국가 그리고 구 나치즘, 파시즘 등에 대한 나의 인식은…?!

이 지구상에서 가장 낙후하고, 궁핍하고, 위선적이며, 부정부패와 비리로 썩어 무너져내리고 있는 사악 그 자체의 고양이집단으로 규정하면서 비판을 서슴지 않아 왔다고 본다.

그렇다고 해서 그들의 소위 하위세급인 프롤레타리아나 일반 서민을 싸잡아 비난하는 건 아니다. 허구와 위선, 선전 선동으로 조작되지 않은 구 역사와 전통문화예술을 서구 자유주의국가나 우리의 그것과 동일 시선으로 바라보며 경탄과 존중을 해왔다고 본다.

정녕 악인은 기득권 쪽에 서 있는 극히 소수 '돼지의 왕'독재자들과 그를 맹목적으로 신봉하고 따르는 일단의 영혼 없이 사악한 고양이무리다.

자유와 인권마저 말살당한 채, 어렵고 힘든 극한의 환경 속에서 나마 살아남기 위해 발버둥치는 대다수 선량한 인민이 그저 안타까울 뿐이다.

어쩌다가 미치광이 고양이들의 이념혁명과 전쟁쓰나미에 휩쓸려

암흑속으로 빨려든 것인지. 단지 자신의 희망이나 의지와는 전혀 상관없이 자신들의 운명을 위탁시키고는, 아무 생각없이 붉은고양이 품에 안긴 새끼고양이들처럼 고분고분 저항없이 교육받고 길들여진 것이다.

*

러시아 '상트 페테르부르크'와 '모스크바'의 붉은 광장, 중국 '베이징'의 자금성과 만리장성, 구 공산권국가였던 헝가리, 체코, 폴란드와 캄보디아, 베트남 등 공산국가들의 실상을 극히 단편적이나마, 비교적 자유로운 영혼으로 음과 양 측면을 들여다 본 적이 있었다.

백야의 도시 '상트 페테르부르크'에서 슬라브인 '로시스키예'들과 함께 뒤섞여 '차이코프스키'의 '백조의 호수' 공연을 관람한 적이 있었다. 내가 있는 이곳이 발레의 원조나라, 바로 전설들이 공연하던 원조극장이라는 기대감과 설레임이 고조되는 가운데, 악의 마녀 마법에 걸린 오데트 공주가 낮에는 백조, 밤엔 흑조로 변해 사랑하는 지크프리트 왕자의 마음에 갈등과 혼돈을 주고 있듯이, 모든 일에는 데미안의 '아브락사스'적인 선과 악의 양면성이 늘 존재하는 듯 싶다.

'작품번호 20번' 음악이 감미롭게 흐르는 가운데 우아한 백조가 춤추고 있는 중, 갑자기 구석 한편 휘장을 걷어차며 흑조 한 마리가 나타난다. 심상치 않은 어둠의 음악으로 대체되며 무대엔 일순간 소란이 일고, 동시에 좌석 분위기 또한 불안이 고조된다.

유독 내가 앉은 좌석 주변 분위기만 그런지? 실망감을 감추지 못했던 일이 생겨난 것이다.

흡사 해수욕장의 비키니 같은 강한 노출에, 각종 장신구와 치장물로 요사스럽게 꾸민 남녀 노인들이 흐물거리는 살갗 위로 문신을 도배하고, 서로 끌어안고, 입맞춤하면서, 킥킥거리고 웃고 떠들고 가관이었다. 다들 쳐다보는데도 안하무인이다.

너무 난잡하고 퇴폐적이며 저질스러웠다. 독한 러시아의 전통술 '럼주'에 취한 고양이들이 득실거리고 있는 것이다. 마리화나를 한 듯도 싶다.

꾸민 차림새와 오만방자한 꼴을 봐서는 인민들의 최우선 배척대상인 부르주아 계층임이 틀림없어 보이지만, 이렇듯이 그들은 돼지처럼 호의호식하며 종신까지도 지배계급으로 판 치고 있는 것이다. 공연에 대한 감동이 저 멀리 구석으로 달아난다.

지금도 이웃의 구 소비에트연방 형제나라였던 우크라이나를 무단 침범해 패권전쟁에 몰두하고 있는, 몰상식의 나라! 러시아에 대한 이미지가 전보다 더 급히 악의 시궁창으로 쑤셔박힌다.

**
**

모스크바의 붉은 광장으로 가는 중에 만난 '고 빅토르 최'의 벽화거리에서 잠시 시선을 멈춰 섰다.

한적하고 보잘것없어 보이는 광장 한 귀퉁이. 스트리트 아티스트들의 그래피티로 평가절하될 만큼 관리가 엉망이란 생각으로 아쉬움을 감출 수 없었지만, 한때나마, 러시아 젊은이들의 피를 뜨겁게 끓게 만들었던 대중음악 슈퍼스타인, 한국인 2세 뮤지션의 영혼을 벽 앞에 마주하면서, 작금의 한류문화의 우수성을 되새겨보는 기회를 맛본 것 같아, 왠지 가슴속으로부터 울컥 솟아오르는 뭉클함을 느꼈다.

멀고 먼 타국에서 맛보는 일종의 향수나 애국심 아니겠는가! 그것도 사회주의국가에서 말이다. 동토의 제국 고양이 마을에서 갈 길을 잃고 헤메던, 고려인의 피가 연연히 흐르고 있는 한 젊은이가 고양이에게 빼앗겨버린 영혼을 다시 되살려낸 것이다.

도대체 그 무엇이 배타적 현지 청년들의 극한 공감을 이끌어냈던 것일까? 이념이나 사상 따위는 정녕 아니다. 그건 바로 세계를 움직이고 있는 동시대의 공감각이다.

이데올로기를 뛰어넘는 게 바로 가슴과 가슴으로 전해지는 피끓는 열정이라 생각해 본다. 사상 이념 따위가 대수더냐. 그런 건 문화, 예술이라는 장르, 때묻지 않은 순수한 젊은이들 관점에서는 전혀 통하지 않는 쓰레기같은 것일진데….

**
**

자금성 앞의 천안문광장!

그 넓은 광장을 꽉 메운 수많은 인파에 섞이어 나는 무엇을 느끼고 있는가? 갑자기 치미는 현기증으로 한동안은 멍멍하게 아무 생각이 없었지만 '아~' 생각나고 있다.

입에는 호루라기, 손엔 총을 든 고도로 숙련된 양치기와 잘 조련된 사냥개들의 통제와 유도에 따라, 자금성 성문 우리 안으로 빨려 들고 있는 순하고 고분고분한 양들을 보고 있는 것이다.

벌써 30여 년 전에 벌어진 그들의 민주화운동, '천안문사태'를 떠올리며 침묵하는 이 시대 인민들이 무슨 생각에 빠져있는 건가? 사

못 궁금했다.

그 순간 갑자기 수 발의 기관총 총성이 울리고, 한 무더기 양들이 피를 흘리며 광장바닥으로 고꾸라진다. 고분고분하기만 하던 양들의 침묵이 끝나고 돌연 웅성거리기 시작한다.

오래 짓눌려온 분노가 표출한 것이다. 바닥엔 선혈이 철철 넘쳐 홍수를 이룬다. 살아 남은 양들이 울부짖는다. 부딪치고 날뛰며 몰이 개들을 머리통으로 받아 공중으로 날린다.

정작 양치기들은 이미 사라지고 없다. 광장은 순식간에 '메에에 에~'장송곡이 울리면서 아수라로 변한다.

조용히 눈을 감아 옛 그들을 본다.

2,000여 키로에 이른다는 만리장성 길을 타고 내리며 '아~ 하여간 말이 필요 없다!', '엄청나다'라는 탄성과 동시에 '무지막지하다'는 탄식마저도 배반의 공감각으로 밀려들었다.

억센 말총 채찍으로 두들겨 맞아가면서 육중한 돌을 나르는 노예들이 마른하늘의 날벼락을 원망하듯 아파하면서, 맨가슴에 찌든 소금내를 풍기며 흘러내리는 땀을 몰래 훔친다.

저 멀리 '아아악' 비명과 함께 산비탈 천 길 벼랑 아래로 늙은 노예 하나가 추락하고 있다.

대역사의 일환으로 축조된 장성이 얼마나 많은 백성을 전쟁으로 부터 지켜냈고, 또 한편 얼마나 많은 노예의 피와 땀과 희생이 있었을까…?

**
**

열대의 높은 기온과 습도를 뚫고 강행했던 시엠립의 앙코르와트!

힌두교 사원으로 축조되어 하나의 거대한 도시왕국을 완성한 그들의 기획 능력과 설계기술, 축소술에 놀라지 않을 수 없다. 도시 전문가인 내가 봤을 때도 하나의 훌륭한 기획도시로 봐도 손색이 없을만큼 디테일이 섬세하고 아름다웠으며, 스케일이 웅장하고 거대한데다가 조각조각 돌구조물들 형상이 그저 경이로웠다.

천 년 전인 12세기 무렵에 어떻게 이런 광대하고 또한 정교한 계획을 세울 수 있었는지? 그리고 왜 멸망할 수밖에 없었는지? 왜 역사는 융성과 쇠퇴, 번영과 멸망을 반복할 수밖에 없는 건지? 불가사의한 수수께끼로 남는다. 빛바래고 부식되어 가고 있는 석구조물들만이 고고하게 남겨져 퇴색되고 있고, 선대는 모두 망각 속으로 사라져간 찬란한 역사의 흔적 흔적….

그러나 위대했던 그들의 후예가 바로 '킬링필드'의 장본인인 '크메

르루즈' 정권의 '폴 포트'였다니….

허울은 노동자와 농민들의 유토피아를 건설한다는 명분으로, 지식인 등 양민과 정적 200만 명을 학살한 것이다. 역사의 현장엔 고인들이 남기고 간 수많은 안경테만이 산더미를 이룬 가운데, 이방인인 나를 묵묵히 지켜보고 있다.

악의 축! 그 가해자들은 어떠한 단죄도 받지 않은 채 늙어서 자연사한 사람이 대부분이라니….

붉은 원망의 한복판에 내가 서 있다.

대부분 국가들이 경제적으로 몹시 힘들어 보였고, 거리나 광장, 상점가는 활력이 많이 떨어져 있었으나, 아름다운 강산과 유서 깊은 종교·역사건축물, 거리의 공연예술가들과 문화예술품들, 그리고 말없이 어질고 친절한 일부 상인들이 그 쓰라린 상처의 보상을 대신해줬다.

가고 싶다고 갈 수 없는 지구상의 몇몇 나라 중 한 나라!
21세기 초인 지금까지도 문을 꼭꼭 걸어 잠그고 지구상에 비밀속 수수께끼로 남아있던 미지의 땅 북한(d.p.r.k)을 관광했던 적이 있다.
햇빛 정책 덕분에, 지난 시대가 잠깐 허용한 천재일우의 기회였다.

$$\underset{**}{*}$$

첫 번째 방문은 1박 2일 금강산 관광…!

엄니 몰래 핑계를 둘러대고 나랑 내칭구 둘이 한 오붓한 여행이 었다. 장남이란 멍에로 생전에 내내 함께 모시고 살아왔기에, 외식 한 번 마음 놓고 못 해 본 내칭구를 위해 마음을 다잡고 살짝 일탈 을 강행했던 것이다.

'하늘에 계신 엄니, 죄송해요! 사는 내내 늘 사랑했어요!'

땅거미가 어둑해질 무렵 온정리초대소(우리의 선술집이나 포장마차) 야외 뜰에 정겹게 마련된 목조테이블에서, 흰 저고리와 검정치마를 곱게 차려입은 정숙한 북의 미녀들이 분주하다.
손수 참숯불에 구워내 주던 돼지불고기를 안주 삼아, 알콩달콩 대화 속에 짜르르하게 톡 쏘는 북한산 장뇌삼주를 한잔 걸쳤던 기 억…!
여기에도 천국이 있다니…?!
술이 달고 입에 짝 달라붙는다. 지옥에도 천국은 있게 마련이고, 천국에도 지옥은 있게 마련인 모양이다.

상냥하고 친절한, 동그라니 싱그런 얼굴이 방금 갓 피어난 가을 들 국화처럼 수수하고 청초하니, 새록새록 아련한 추억으로 떠오른다.

지금은 세월이 많이 흘러갔지만 그래도 다시가서 또 보고싶다. 그들은 어떻게 늙어가고 있는지? 우아할까나? 그 미소는…? 교양 있어 보이는 미인형 얼굴이었는데. 임자 있는 내가 별게 다 궁금하다.

옆 눈치가 살짝 보여 그냥 칭구 눈을 마주쳐 웃어주었다.

구룡폭포와 상팔담, 비봉폭포를 비롯하여 옥류담 등 외금강 산행코스를, 북측 안내원의 철저한 감시와 통제하에 일렬종대로 줄지어 따라가면서, 무미건조하고 힘들게 올랐던 생각이 소록소록하다.

폭포와 소, 낙락장송 속 굳게 뻗은 금강송, 기암괴석 봉우리들의 위용이 나를 압도하고 있다.

살아생전 또 오를 수 있을까?

그땐 '야호~!'도 힘차게 외치면서 마냥 자유로운 질서 속에 오르고 싶다.

당일치기로 다녀온 개성관광은 일전에 불효했던 죄도 갚아드릴 겸 절대자 엄니를 모시고, 청년이 다 된 아들까지 가족 모두가 함께한, 즐겁고 설레는 가족여행이었다.

(여행 중 몸서리 쳐지도록 끔찍한 사건이 하나 있긴 있었지만…)

새벽부터 네 식구 모두가 기대 반, 걱정 반, 호기심 반으로 마냥 설레는 모습이었다. 잠실야구장 옆 고수부지에 자가용을 주차해 놓고, 기다리고 있던 관광버스에 승선해 도라산 출입국관리소에서 출국 절차를 시작으로 해서 개성공단 방문을 마지막으로 입국 수속을 끝낼 때까지, 하루종일 이어진 관광으로 고되고 정신없던 여정이었다.

드디어 개성시가지에 버스가 진입하자 가족들 모두는 커튼을 열어젖히고 기대 반, 호기심 가득 찬 눈으로 창밖을 유심히 내다보았다.

넓게 포장된 신작로엔 차가 거의 다니지 않고, 간간이 군용트럭들이 한두 대씩만 눈에 띌 뿐, 거무튀튀 퇴색된 그야말로 한적하고 텅 빈 거리이다.

무채색의 회색 건물들이 하나같이 조악하고 낡았으며, 가도를 왕래하는 주민들도 그리 많이 보이지 않았는데, 대부분 정복 같은 반듯한 옷을 차려입고 둘씩 셋씩 짝지어 다니는 게 퍽 인상적이다.

크고 작은 건물들 사이로 살짝 가려진 좁은 골목길엔 남루한 옷차림의 사람들이 한 무더기씩 비켜 숨어, 우리 버스가 시야에서 사라질 때까지 대로로 나오지 않고 대기하고 있던 웃지 못할 일도 떠올랐다. 갈 길 바쁜 사람들도 있었을 텐데… 아마 당국의 특별교육이나 지시가 하달되지 않았겠나?

그런 와중에도 역시 고개를 빼꼼히 내밀어 조심스레 우리를 관찰하는 사람들이 눈에 띄었다.

어느 낯선 고양이 영역에 들어서 길을 잃고 헤메이던 다른 고양이가, 두리번두리번 기웃거리며 그 영역을 몰래 살피듯, 서로가 서로를 신기해하기도 하고 다소 멋쩍어 하면서도 경계심을 놓지 못하는 듯한 독특한 광경에 여행의 흥미가 배가 되었다.

고려조, 조선조의 왕릉과 송악산, 박연폭포를 겉핥기로 둘러보고 난 후, 이방원의 칼에 숨진 정몽주의 피가 주변 대나무를 홍건히 적셨다 하여 명명했다는 '선죽교' 일대를 돌아보고 나서야 기다리고 고대하던 점심식사를 했다. '통일관'이라는 한식당에서 놋그릇에 정성 들여 바치는 13첩반상의 정갈한 음식을 대접받았지만 그 맛은 별로였던 걸로 기억된다.

다소 싱거운 데다 우리식 한정식 맛집에 길든 고급입맛이라 그랬을 것이다. 그래도 밥과 반찬은 남기지 않고 다 비운 것 같다. 허기로 시장도 했지만 정성에 대한 최소한의 예의도 지킬 겸 해서다.

식사를 먼저 마치는 대로 하나둘씩 식당 뒤편 밖으로 나와 서성거리며 잠시 동안 안정과 휴식을 취하고 있으려니, 오름경사지 저편 김일성동상이 있는 다소 한적하고 작은 규모의 사적지에서 먼저 식당을 나간 아들 녀석이 보위부소속의 공안으로 보이는 제복

입은 사람들에게 잡혀 뭔가 주의를 듣고 있는 모습이 클로우즈업 되어 눈에 확 들어왔다.

바짝 기죽어 있는 모습에 연행 직전의 긴박한 느낌이 들었고 왠지 가슴이 덜컥 내려 앉았다.

여기는 인권도 없고 자유를 억압하고 사상을 통제하는 무지막지한 나라 아니던가!

김일성, 김정일 우상화물에 조금이라도 손상을 입힌다거나, 김일성 목 뒤에 혹이 있다고 떠벌려도, 심지어는 국영상점에 물건이 많지 않다고 혼잣말로 '사회주의가 뭐 이래, 개판이구만.' 중얼거려도, 경범죄처벌소인 로동교양소나 교화소도 아닌, 정치범수용소로 끌려간다는 소문을 익히 들어 알고 있었다.

하물며 평양에는 장애인들마저도 눈에 띄지 않는다고 한다. 이유인즉, 그들은 외세 이방인들의 피가 섞이지 않은 단일민족이라 애당초 장애인이 없다는 것인데, 실상은 난쟁이집단 수용소 같은 곳에 보내진다는 것이다.

히틀러가 민족 우성인 '아리아인'을 지킨다는 어이없는 명분하에 유대인들과 병약자, 장애인들을 잡아 집단처형했던 것처럼, 그런 사악한 행위가 지금까지도 자행되는 나라란 것이다.

상식이 통하지않고 배려와 용서가 없는 나라!

갑자기 끔찍한 생각과 함께 짙은 공포가 밀려든다. 말로만 흘려듣던 흉흉한 온갖 소문이 실제 팩트망치로 달려와서 두개골을 강타한다. 두근거리는 심장을 진정시키고 입안의 침을 모아 꿀꺽 목 뒤로 크게 삼키고는, 가까이 가서 정중히 인사를 한 후에야 자초지종 내막을 들어보았다.

'이 철없는 동무가 신성한 장군님 동상앞에서 건방지게 청바지에 손을 넣고 서서 담배를 피웠다.'라는 이유였다. '이는 도저히 묵과할 수 없는 일이고, 사상이 의심된다.'라는 것이다.

두 공안 중 키가 작고 마른 듯한 히스테리적 얼굴을 가진 젊은 사람의 주장이었다. 전혀 주장을 굽히지 않고 있어 일이 확대되면 정말 큰일이었다.

가족들모두가 머리를 땅에 조아리고 간곡히 사죄를 했고, 내칭구도 그렇지만, 특히 엄니께서는 눈물까지 보이며 싹싹 비서서, 옆에 서 있던 나까지 가슴에서 울컥 뜨거운 뭔가가 치밀어 올랐다.

그 순간 문득 전광석화처럼 내 머리를 스친 건…? 다름 아닌 뇌물이었다. 세계의 몇몇 고양이나라 붉은여행 중에 직접 경험했거나 들어서 터득하고 있었던, 부패한 탐관오리들을 구워삶는 묘수였던 것이다. 빠른 입출국수속 부탁 등 그땐 주로 10달러짜리 지폐를 많이 활용했지만 말이다.

마침 내가 여행 중에 피우려고 준비해 간 '엣세'담배 두 갑을 꺼내 그 옆 키 큰 공안의 주머니에 살짝 찔러주었다. 다행히도 허리춤에 매고 다니던 여행포켓팩 안에 구원의 미끼가 들어 있었던 것이다.

나이 드신 엄니의 간절함이 통했거나, 나의 뇌물 아닌 뇌물이 주효했거나, 공안 중에도 선하고 융통성 있는 사람들이 있는지 다행히도 지위가 높아 보이는 공안이 문제를 더 이상 확대시키지 않고, 우리 일행의 인적사항과 다음 행선지 등을 기록해 놓고 풀어주었지만, 아직까지도 아찔하고 끔찍한 기억으로 남아있다.

귀국하는 길에 개성공업지구에 잠깐 들렀다지만, 행여 추적이 뒤따를까 그때까지도 마음이 진정되질 않아 어떻게 그곳을 지나쳤는지 기억에 별로 남아있질 않다. 낯설게 느껴져 오는 이곳을 한시라도 빨리 벗어나고 싶은 마음뿐이었으리라.

개인의 사소한 기호 행위마저도 마음대로 허용되지 않는 실상에 아연실색할 노릇이지만, 한편 붉은 고양이들만이 득실거릴 거란 선입견이 있었는데 역시 사람 사는 곳이기도 했다. 도라산역을 지나면서부터 비로소 숨을 크게 내쉴 수 있었고, 긴장감 가득한 아들 녀석 얼굴을 마주하고 웃을 수 있었다.

"아무 데서나 담배 피우지 말고 이참에 끊어라. 백해무익한 게 담배다."

"누웨."

딴은 나도 하루 두 갑 이상 피우는 찐 골초였는데,

담배 피는 마음은 담배 피는 사람만이 아는 것이다.

그로부터 몇 년이 지난 즈음에, 금강산 지역 해안가에서 이른 새벽 산책 중이던 남측 방문객 한 명을 북의 초병이 조준 사살했던 '박왕자피살사건'이 터졌고, 온 나라가 발칵 뒤집혔던 기억이 생생하다. 이후로도 미 버지니아대학생 '오토 웜비어사건' 등 북의 갖은 만행이 뉴스를 타고 전해질 때마다, 그때의 아찔했던 기억이 트라우마로 남아 머릿속을 떠나지 않고 있다.

판문점 '돌아오지 않는 다리'에서의 도끼만행사건을 기억하는가? 언제, 어떻게, 무슨 사유로든, 온전한 영혼 하나가 쥐도 새도 모르게, 붉은 고양이 마을에서 길을 잃고 헤메다가 한순간 골로 갈 수도 있겠구나…!

천지신명께서 우리 가족과 함께한 날로 기억하기로 했다.

맑은 공기를 마시며 새벽 산책을 한 게 소중한 영혼을 빼앗을 만큼 중죄이던가?

미국 귀국길 직전에, 평양의 양각도호텔에서 한 장의 찌라시 같은 북의 정치선전물을 훼손했다는 이유로 15년 형을 선고하고, 정치범수용소로 보내져 갖가지 끔찍한 고문을 해서 죽게 만드는 게 있을 수 있는 일인지? 미국에 있는 부모의 찢어지는 마음을 어찌 헤아릴 수 있겠나?

사적지 한편에서 잠시 식후 연초를 즐긴 게 연행까지 해서 조사할 만큼 큰일이었나? 너무나도 끔찍하고 사악한 고양이집단인 걸 한시라도 간과해서는 안 되었던 것이다.

참고로 고 박왕자 씨는 나랑 동갑내기였다. 나와 동년배의 한 소우주가 동토의 땅에서 우주의 먼지 속으로 멸한 것이다.

재차 강조하는 것이지만, 거대한 조폭집단이자 사이비종교집단으로 규정하며, 지구상 가장 사악하고 위선적인 사상이념의 붉은 고양이왕국을 지탱하고 있는 북을, 억수로 경멸하고 비난해 왔고 지금도 그렇다.

그렇다고 해서 내가, 소위 말하는 극우라는 얘기와는 전혀 다른 얘기다. 나는 좌도, 우도 아니라고 생각하면서 살아왔고, 남들도 그렇게 인식하기를 바라고 있다.

지극히 상식적인 논리 기준에 따라 우도 좌도 비판하고, 때론 지지한다.

북! 그들은 그나마도 올바로 정립된 볼셰비키 혁명이념을 이어받은 것이 아니라, 일종의 김일성사상을 가장한 거짓최면술이라 보기 때문이다.

정작 김일성 본인조차도 주체사상을 이해 못 하는,

오로지 주민들을 호도하기 위한 거짓 유인술책 아니었는가? 흡사 거대한 무리를 이끄는 사이비종교 교주의 붉은 교리와도 같은 것. 누구든 걸려들 수 있고, 한 번 걸려들면 헤어나지 못하게 만드는 술수, 결단코 제대로 된 이념이 아닌 것이다.

그러나 이와는 달리 내 몸속에는 어쩜 커뮤니스트의 연붉은 피가 어느 정도 연하게나마 늘상 흐르고 있는 지도 모르겠다. 물론 북의 그것과는 사뭇 다른 것이지만 말이다.

철없이 젊었을 때 아돌프 히틀러의 『나의 투쟁』이란 자서전 하나를 접하고, 그의 악마적 천재성과 대중흡인력에 잠시 심취했던 적이 있다.

미대생을 꿈꾸던 평범했던 한 젊은이…! 왜 학교에서 그런 간절한 소망을 받아주지 않았던 건지? 독일 미술계가 그의 소망과 재능을 조금만이라도 인정했더라면, 아마 빈센트 반 고흐 같은 세기의 걸출한 예술가가 탄생했을 지도 모를 일이다. 불멸의 예술가들은 하나같이 괴팍스럽고 정신병자 같은 면면이 있기 때문이다.

무엇이 평범했던 그를 끝내 전쟁광, 인종청소 살인마로 돌변하게 만들었는가? 600만 명의 유대인을 학살한 그는 뭐라 해야 하고? 그에 달라붙어 악행을 방관하고 조장하고 지지했던 게슈타포 출신 헤르만 괴링과 하인리히 힘러 등 일련의 무리는 또 무엇인가?

역시 사악한 고양이의 장난이었던가?

히틀러를 가장한 고양이었던지?
고양이를 가장한 히틀러였던지?

땅거미가 져가는 어둑어둑한 저녁 시간.
출입객이 모두 퇴장해서 아무도 없는 폴란드의 아우슈비츠 제1수용소에 특별출입을 허용해줘 방문관광을 한 적이 있다. 유럽 전역에 흩어져 철벽돌로 사방을 차단하고, 전기 철조망으로 보완막을 겹겹이 둘러 친 총 6개의 인간사탄 작품, 히틀러가 만든 지옥 중 제일 규모가 크고 악명높은 '제1지옥'이다. 한번 들어가게 되면 영영 살아 나올 수 없는 요단강이었던 것이다.

아직도 당시의 협궤철로가 그대로 남아 헝가리역을 떠난 열차가 도착하기를 기다리고 있다. 짐짝 같은 화물칸에서 유럽 전역에서 잡혀 온 산 닭들을 우르르 토해내 병든 닭과 성한 닭. 영계와 노계 등을 가려낸다.

병든 쇠약자나 노약자, 어린아이, 난쟁이, 벙어리,장님, 앉은뱅이, 절름발이, 언청이들이 제일 먼저 추려져 소지품을 몰수당하고, 삭발을 당하고 발가벗겨진 채로 공동샤워실로 향한다. 그 이후의 몸서리쳐지도록 끔찍한 상황 전개는 각자의 상상에 맡긴다!

역한 가스 냄새를 토해낸 굴뚝은 이제 아무 말이 없다.

이곳 한곳에서만 400만의 폴란드 정치범들과 유대인들이 처형됐다고 하는데, 그중 3분지 2가 특정 종교, 특정 민족인 유대인들이었다 한다.

조류독감이나 아프리카돼지열병으로 인해 수많은 닭과 돼지를 거대한 구덩이 속에 산 채로 처넣어 살처분할 때도, 그 처절한 안타까움과 잔인함에 치가 떨리고 애가 끓어올랐는데, 어찌 인간을 대상으로 이럴 수가…!

이곳 상공으로 날아들던 악마들도 피눈물을 쏟으며 하늘 멀리로 달아나 버린다.

그들이 남긴 머리카락으로 카펫을 짜고, 장신구와 금니를 녹여 금괴를 만들고, 유골을 갈아 골분비료를 만들었다 한다. 그들이 유품으로 남긴 안경, 모자,빈 가죽가방들만이 당시 고문과 학살의 증언을 해주고 있듯이 말없이 그 자리를 지키고 있다.

주인 잃은 구두와 구두약통도 궤짝 가득 지천으로 쌓여있다. 구두를 깨끗이 닦아 신고 외출이라도 나갈 희망으로 들떠있던 그들 아니었겠나?

수용소 한편에 음산히 자리 잡은 공동샤워실(가스실)과 그 옆 소각장을 무겁게 지키며 우뚝 서 있는, 시체 타는 연기에 검게 그을리고 바알갛게 달아오른 굴뚝의 잔인스럽고 처연한 분위기에 숙연히 머리숙일 수 밖에…!

인간사탄의 만행을 되새기며 그들 원혼을 위로하고, 몸서리치는 홀로코스트에 대해 규탄하는 기회를 가진 것은 천만다행이었다.

깜깜한 어둠이 내리고서야 그 끔찍한 고양이 마을을 벗어날 수 있었지만, 여행길 내내 메스꺼움으로 식사를 제대로 못 했고, 가위까지 눌리며 잠을 설치는 날도 있었다.

이 글을 쓰고 있는 시간까지도 부들부들 떨리고 몸서리쳐지는, 내 인생 중 가장 잔인한 경험이었다.

또 하나 혁명가 평전 한 편을 겉 핥기로 읽어낸 후, 인생의 꿈과 삶의 현실 간극을 끊임없는 혁명으로 당차게 메워나갔던 아르헨티나 출신의 쿠바인인, 불사신 리얼리스트 체 게바라의 불도저같이 굵고 짧게, 그러나 강단 있게 살다 간 한 인생에 감동한 적도 있다.

젊은 나이에 어쩜 저리도 강력한 카리스마와 추진력으로 남미 여러 나라 혁명동지들을 규합하여 매번 거사를 성공으로 이끈 걸까? 아직 세상을 많이 겪어보지도 못하고 가치철학이 정립이 안 돼 어설펐던 나 같은 소인배한테는, 그저 그들의 장점만을 크게 확대 재생산해 아무런 비판 의식없이 위대하게만 보였던 시절이다. 설사 그들의 짓이 천인공로할 사탄의 울부짖음이었다 해도, 당시엔 위대한 건 위대했던 것이다.

근데 그를 거쳐 간 나라들이 지금 어떻게 돼 있는가? 혁명의 단꿈속에 천국이 되어 머물러 있는가 말이다. 실상은 지구상에서 가장 못살고 잔인한 공산독재의 시궁창이 되어 이미 망했거나 망해가고 있거나…!

그래서 세상 모든 현안, 사건, 사상을 단편으로서보는 것이 아니라 전후좌우 전체적으로 꿰뚫어 통찰하는 안목을 키워내야 할 당위성을 절실하게 느낀다.

나로서는 사회주의 기초이론인 변증법적 정반합의 원리에 공감하고, 노력한 대가에 공평하고 합당한 대우를 받는 룰을 고수하는 평등주의 원칙 또한 어느 정도 인정하고 있는 편이다.

하늘같이 치솟고 있는 집값과 땅값, 극심한 빈부 차이, 기업과 부의 대물림, 천차만별의 불합리성을 안고 있는 임금보수체계, 상상을 초월하는 개런티, 1등과 금메달 위주의 승자독식 기류, 금수저, 흙수저 차별과 특혜, 귀족노조와 천민노조의 역차별, 돈이면 무슨 일이든 통한다는 금전만능주의,

자유를 뛰어넘는 방종과 무책임, 정권에 휘둘리는 막강 대통령제의 폐단, 이기주의와 기회주의 등 자본주의의 터무니없고 원칙 없는 부의 재분배문제를 합리적이라 생각하지 않는다. 대중인기도만을 척도로 한 인간 개개인의 가치평가에도 동의할 수가 없다.

온갖 비리의 온상이자 무능한 서울 외딴 도시 섬의 탐욕자 무리를 통째로 갈아엎어 사악한 기운과 막지한 힘을 빼야 한다고 믿는다. 면책특권이나 불체포특권은 더 이상 이 시대에 맞지 않는 특권이자 특혜다. 온갖 오남용의 도구로 쓰이는 쓰레기 같은 그걸 왜 아직까지도 인정해야만 하는가?

생활범죄 등 극히 경미한 일정 한도를 넘는 사악한 전과자는 원천적으로 모든 공직에서의 피선거권을 박탈함과 동시에, 국민에게 선택된 이후의 범법자나 범죄자는 기소 단계에서부터 엄격하고 철저히 가려져 영구퇴출되어야 한다고 감히 생각해 본다.

국민 모두를 대상으로 하는 것이 아니고 일부 팬덤에 의존하는 정치는 자칫 위험하고 사악한 편 가르기로 빠져들 수 있기에 가장 피해야 할 악인 것이다.

선거의 기준이나 방법을 획기적으로 바꿔, 올바른 영혼과 가치관이 제대로 박힌 소수정예의 보통 상식인과 개인의 영욕보다는 나라와 국민을 우선하는 진정한 애국자들로 '바톤'터치를 해야 하지 않겠는가 말이다.

과연 어느 누가, 일개 보통사람인 나의 울분 섞인 주장에 정치 논리를 덮어씌워 반대할 수 있겠는가?

우리 사회가 안고 있는 독이다.

자본주의 안에서, 고양이 마을로 빠져들 수 있는 악의 태동에 원인을 제공하는 부(-)의 팩터들이라 생각한다.

그렇지만 개개인 능력의 차등을 원천 배제하는 완전평등은 아닌 듯 싶다. 다양성이 상존하는 인간의 가치평가를 성과라는 한 개의 자로만 재단하는 것도 맞지않다고 생각한다.
경쟁논리가 배제된 발전이나 창조는 존재할 수 없다는 것도 안다.

성취동기와 의욕을 원천적으로 부정하는 것이다. 일률적으로 통제되고 규제된 공동생산·집단생활은 누구에게는 지옥같을 수 있다.

전제군주처럼 국민위에 군림하는 독재자를 경멸한다. 그들을 경배하는 자들 또한 마찬가지다. 부정부패와 비리에 썩은 환부는 그 뿌리까지 철저히 도려져야 한다. 독재자의 탈을 쓴 사이비종교집단의 행각을 경계한다.

극단의 종교적 신념에 빠져 스스럼없이 악을 자행하는 근본주의나 원리주의자들 또한 배척한다. 사회주의가 안고 있는 악의 씨앗들이다.

그렇다고 자로 잰 듯한 한가운데의 중도를 고집하지도 않는다. 단지 합리적·이성적 중용이길 바랄 뿐.

수정자본주의, 교조주의 이론이 있듯이 감히 어설프나마 '신자유주의'를 꿈꿔볼 때가 되지 않았나 모르겠다. 민주주의를 '정'으로 하고 사회주의를 '부'로 하여, 그 둘을 적절히 융합한 참신한 주의제도가 생겨났음 어떨까 생각해 본 적이 있다.

시장경제논리와 공공복지논리의 합, 자유와 권리, 책임과 규제의 합, 개인주의와 공유주의의 배합, 그런 융합은 8:2나 7:3일지언정 공존·병행할 수 없는 걸까?

아직까지도 좌우 극단의 흑백논리에만 치우쳐 어느 한쪽만을 고수하는 다수의 '정치병자!', 고양이무리가 있다는 걸 안다.

지위 고하를 막론하고 광범위하게 이념이 뿌리를 내리고 있다. 조직적으로 체계화되고 위계화되어 세력을 유지, 확장하려는 정점에 주도적 무리들이 있고, 그들의 전위대에 서서 선전선동과 폭력 시위를 적극 부추기는 행동대들도 있다.

그리고 단순히 변방에 머물러 그들에 동조하는 일반 대중도 있는 것이다.

지인, 친구들이랑 라운딩을 하거나 술자리를 가질 때도, 선명한 빨강 타이, 파랑 타이가 드문드문 나누어져 있어, 여간 어색하고 불편스러울 때가 많다.

하물며 보랏빛 타이로 가장한 채 정체를 숨기고서, 맨 얼굴을 드러내지 않고 숨어있는 일반의 정치병자 또한 많아 더 애매한 적도 한두 번이 아니다.

가장 객관적이고 중립적이어야 할 일부의 교사들마저도 극단적인 어느 한편에 치우친 채로 이성이 마비되어, 아무것도 모르는 순진한 아이들을 선동하는 걸 도무지 이해할 수가 없다.

그들의 자식들한테마저 허위를 진실이라, 참을 거짓이라, 빨강을 파랑이라, 파랑을 빨강이라 가르치겠는가?

미래가 걱정스럽지 않을 수 없는 것이다.

가족도, 친구도, 직장도, 사회도, 국가도 둘로 나뉘어 서로를 헐

뜯고 정신을 갉아먹는다. 점점 편이 갈라지고 상대를 적대시하며 인정하려 하지 않는다.

불신은 폭력을 낳고 폭력은 궤멸을 향해 치닫는다.

히틀러가 유대인을 벌레 보듯 바라보고,

유대인들이 히틀러를 사탄으로 바라보듯,

반대쪽 극단에 서서 바라보면 그 반대쪽 극단은 악이 지배하는 고양이 마을이 되는 것이다.

어느 쪽이나 다 고양이들의 장난에 영혼을 잃고, 그들 지령에 따라 피 터지듯 싸우고 있다. 얼굴을 모두 이념의 가면으로 가장하고, 영혼을 상실한 고양이 마을엔, 결국 평화란 없고 사상투쟁만 있다.

천국이란 존재치 않는 것이다.

흉흉한 이데올로기의 지옥만이 도래하고 있다.

공멸의 나락으로 떨어지지 않으려면 이젠 이념전쟁을 멈춰야 한다. 이념의 껍데기를 과감히 깨고나와 보편의 일상으로 돌아오라.

그곳에 소소하지만 진정 모두가 함께하는 일상의 평화와 행복이 있다.

온고이지신!

우리 모두 손에 손잡고 목청 높여, 88올림픽 주제가를 제창하자!
철 지난 노래이긴 하지만, 지금 이 시대가 절실히 요구하는 외침
이고, 또한 새로움이다.

손에 손잡고 벽을 넘어서
서로서로 사랑하는
한마음 되자 손잡고
하늘 높이 솟는 불
우리의 가슴 고동치게 하네
이제 모두 다 일어나
영원히 함께
살아가야 할 길 나서자
손에 손잡고 벽을 넘어서
우리 사는 세상
더욱 살기 좋도록
손에 손잡고 벽을 넘어서
서로서로 사랑하는
한마음 되자 손잡고
어디서나 언제나

우리의 가슴 불타게 하자

하늘 향해 팔 벌려

고요한 아침 밝혀주는

평화 누리자

손에 손잡고 벽을 넘어서

우리 사는 세상

더욱 살기 좋도록

손에 손잡고 벽을 넘어서

서로서로 사랑하는

한마음 되자 손잡고

손에

손잡고

-코리아나, '손에 손잡고'-

　　온갖 붉은 고양이로 가득 찼던 데크는 다시 텅 비고 잠시 한 줄기 평화로운 밤바람이 무대 위를 스쳐 지난다.

8.
추억

어릴 적에 들은 이야기지만, 사람이 죽었을 때 까마귀와 고양이를 조심하란 속설이 있다. 까마귀는 육신을 쪼아먹고, 고양이는 골과 영혼을 파먹는다는 것이다.

원주에서 나 홀로 상경하여 동대문구 신답동 작은집에 잠시 머무르다 나중에 중화동의 고3 남학생 입주 아르바이트를 했었고, 또 몇 년이 지나 가족들이 모두 시립대 인근의 청량리동으로 이사함으로써 옛 가정을 되찾아 모여살게 되었다.

이후 서울에서의 두 번째 홈이었던 강동구 길동의 1층 단독주택에 이사해 살면서, 지금은 돌아가신 엄니께서 가엾다며 좋아하던 길고양이 한 마리를 먹이도 놔주고 목욕도 시키고 보살펴주신 적이 있었는데, 그놈이 우리집 지하실 한편에 아예 눌러 앉아버린 것이다.

시간이 흘러 너무 나이 들어 늙기도 한 데다가, 한밤중이나 새벽녘 연탄을 갈러 지하실에 내려가면, 어둠 저편에서 갑자기 튀어나와 앙칼스러운 울음소리를 내곤 해 가족 모두들 섬뜩하니 무섭다고 한 터다. 가족회의 끝에, 어쩔 수 없는 마음으로 쌀자루 포대를 덮어씌워 눈과 온몸을 가리고, 멀리 승용차로 10~15분 거리에 있는 고덕동길 도심 야산에 풀어놓은 적이 있었다.

정거장만으로도 서너 정거장 되었고, 게다가 골목도로가 이리 꺾이고 저리 꺾이고 여남 번은 숨바꼭질한 미로들을 헤메며 도달한 야산이었다.

한참 동안이나 숲 언저리에 서서 안 가고, 왠지 서글픈 눈으로 가만히 우릴 올려다 보넌 생각이 난다. 죄를 지은 느낌으로 꺼림칙해져 뒤도 안 돌아 본 채로 차를 돌려 매몰차게 달렸다.

아 근데 글쎄 그 고양이가 한 달여 만에 아주 처참하고 지저분한 몰골을 하고 돌아와 지하실서 웅크리고 울고 있던 모습이 떠오른다. 그 많은 집과 상점, 크고 작은 공사장과 쓰레기더미 쌓인 공터, 놀이터, 위험한 차도와 좁은 골목도로를 얼마나 헤맸을까?

몸집 큰 방견들의 공격과 사악한 인간들의 멸시와 냉대 속에 몸은 온전했을지?

당시엔 너무나 기겁스럽고 가슴이 덜컥 내려앉을 만큼 오싹하고 쇼킹한 일단의 사건이었다. 영악스럽다 못해 으스스 괴이스럽기까지 한 초유의 불가사의다. 함부로 대해서는 정말 큰일이 날 것만 같다.

이후 집안에서 여러 차례 찬반 갑론을박이 있었지만, 결국은 고양이수집가 손에 떠나 보내고 말았다. 지금 생각해도 너무 가슴 아프고 미안한 생각이 든다.

요즘도 길거리를 배회하는 늙은 고양이를 보면 죄스러운 마음이 앞서고, 쥐구멍에라도 들어가고 싶을 만큼 부끄럽고 덜컥 겁부터 집어삼키게 된 계기가 된 희대의 사건이었다.

아마도 신경통, 관절통을 심하게 앓는 인간의 민간처방약으로 쓰이지 않았을까?

요즈음 한창 뉴스매체들과 유튜버, 국민들 입에 핫이슈로 회자되고 있는 한 사건이 맨가슴에 불도장을 찍듯 통렬하게 오버랩된다. 병들어 시든 길동고양이 품에 젊은 두 청진고양이가 폭 안겨져 영생의 요람에 들고 있다.

너무 끔찍스러운 나머지 이 글에 미처 초대하지 못했던 한 마리 서해고양이도 흰 잿가루가 되어 요람을 덮는다.

나를 필두로 한 우리 가족과 위선적 이데올로기로 무장한 소시

오패스적 빅브라더들 모두가 가해자다.

이미 앞장에서 언급했듯이, 나는 적어도 이 나이 먹도록 빨강, 파랑 어느 한쪽의 극단적 정치 이데아적 우산에서 홀홀 자유로워 왔다. 그래서 내 글을 이념이나 사상으로 더럽히고 싶지 않다. 근데 그 장면이 숱한 날 잠 못 이루도록 나를 압박하고 괴롭히고 있다.

선잠에 빠져든 꿈속에서 그들이 나를 마구 끌어당기고 있다. 식은땀이 줄줄 흐른다…:

포승줄에 묶이고 검은 안대로 눈이 가려져 어디론가 끌려가는 처절한 두 영혼!

97년생 청진 출신 검은 점퍼 우범선!
96년생 청진 출신 파란 점퍼 김현욱!

그들은 작은 목선 고깃배를 타고 오징어를 잡아 한 끼 한 끼 허기를 채워온 가난한 어부라지만, 어쩌다 바다조류에 떠밀렸던 건지, 아니면 그들 스스로의 의지로 굳이 이곳까지 오게 된 건지 아직 정확한 사유는 모르겠지만 아마 후자임은 틀림없어 보인다.

아직 채 피어보지도 못한 청년고양이 두 마리가 이번엔 그들 의지와는 전혀 정반대로, 검은 트럭에 실려 '파주시 진서면 어룡리' 인근 어딘가에 짐짝처럼 내동댕이쳐져 또다시 어디론가로 질질질 끌려간다. 허리춤에 노끈을 묶어 연결한 빈 관 두개가 그들 뒤에 매달려, 끄르륵 끄르륵 애끓는 통곡소리를 내며 함께 끌려가고 있다.

그들이 잠들 관이란 걸 직감하고 있는가?

오히려 거기서 바로 총살이라도 당했더라면 조금 나았을 것이다. 그들에겐 무의식의 나락으로 떨어지기까지의 예정된 시간이 너무나 길게 느껴져 피를 말린다. 처절하고 혹독한 잔인함이다.

땅이 솟구치고 하늘천정이 무너져내리는 순간이었으리라. 고통과 절망의 무게가 과연 얼마나 될지 인간이 만든 저울로는 도무지 계측이 되지않는다.

필사의 저항으로 몸부림치던 그 전율이 빈 관 내부를 타고 돌아, 비명에 가까운 공명을 일으키며 부르르르 내 몸으로 전이된다.

그들은 도대체 관을 끌고 어디로 간 걸까? 누가 왜 이런 모습으로 내쳐 보내야만 했을까?

생살여탈마저도 여전히 수수께끼다.

아프가니스탄의 은둔지도자 아쿤드자드와 괴를 같이하는 어느 전지전능한 미치광이 군주 나부랭이나 도쿄의 옴진리교 아사하라 쇼코 같은 사이비종교집단 교주의 조현병과 공수병 치료에 이들 육·골·혈·혼이 쓰이지는 않았을지?

아니 치료라기보다는 필로폰의 약효처럼 지병의 환각을 더 강력하고 세게 유지·촉진시키려는 데에 쓰인 게 딱 맞을 것이다.

오호 통재라!
오호 애재라!

너무 역하고 끔찍하다.

심심한 진혼제라도 지내주지 않는다면, 남과 북의 구천을 이리저리 떠돌며 흑비를 마구 쏟아낼 것만 같다. 고요하던 서해의 소연평도 북상 앞바다에서도,
돌연 발생한 '타이픈'으로 높은 파도와 해일이 일며, 해안지역 일대에 엄청난 쓰나미가 덮친다.

갑론을박 말들이 많지만, 사악한 악의 무리가 공모하여, 집단으로 한꺼번에 고양이 마을 여행에 깊이 빠져 들었던 게 아닌가 싶

다. 미저리한 여행은 아직도 끝나지 않은 듯 싶고, 어쩜 영원히 풀리지 않을 수도 있다.

무리 모두가 상실의 나라에서 길을 잃는다.

고양이 마을의 여행은 나홀로 빠져드는 경우도 많고 위험스러운 것이겠지만, 집단으로 함몰되어 빠져들 때, 제2의 킬링필드와 홀로코스트, 제3차세계대전이나 핵에 의한 지구 대멸망, 공해의 방치로 인한 환경대파괴, 코로나19와 같은 생화학적 세균에 의한 전염병 확산 등과 같이 그 위험성과 해악이 비교할 수 없을만큼 커지는 것일진대 말이다

자라투스트라가 말했듯
과연 신은 죽고 없는가?

니체는 답한다.
'모른다.'라고….

아무리 인간이 본태적 이중성을 갖고 태어났다 해도, 그들은 온전한 영혼을 가진 보통의 인간이던가?
아니면 근본 자체가 사탄고양이었던가?

맹자를 믿어야 할지?
순자를 믿어야 할지?

적어도 성악설이 맞다면
선천성에 기인한 악인지
후천성으로 온 악인지도 모르겠다

어느 사악한 고양이 눈빛에 녹아들어 영혼을 탈취당하고, 남들
의 영혼까지도 악귀에 바쳐 불살라 먹고마는…

마치 지옥이 얼어붙을 일이 아니라고
그 누가 부정할 수 있겠는가?

1.
혼돈속에서 떠오르는 우리엄마 생각...!

　주말이 되어 설악마을에 오게 되면 늘상 루틴으로 해오던 거지만, 요 며칠전에도 집에서 15분여 떨어진 샤인데일cc에서 샷연습을 마치고 돌아오다가 집근처 길에서 로드킬당한 잿빛 어미고양이 사체를 보았다.

　아직 몸이 성한 채로 2차선 도로 한가운데, 탱탱 부풀어 오른 젖을 온전히 노출하고 축 늘어진 채로, 노랑 눈을 가늘게 뜨고 누워 죽은 걸 보면, 아마도 사고를 당한 지 오래된 것 같지는 않았다. 한눈에 출산한 지 얼마되지 않은 어미고양이임을 알 수 있었다.

　저속의 소형차량 충돌사고였을 거라 짐작된다. 이제 밤을 맞고 새벽이 지나면, 지나는 차량들의 바퀴에 짓이겨져 그 형체가 온전치 못할 것이다. 시일이 더 지나면서 형체의 흔적은 모두 다 지워지고, 사체의 세포 하나하나가 우주 속의 미립자 먼지로 화할 것이다.

인간 뇌세포의 수많은 기억방들 중에

평생토록 훼손됨없이 온전한 방이

아마도 엄마방 아닐까?!

멀게만 느껴지던 늙은 아버지의 노약한 미소마저도

이제 가족의 아픔으로 다가오고 있다.

우주를 방황하는 혼이 깃든 먼지들…!

'웨엑'
'웨에엑'
쓰러진 영혼이 통곡한다.

'휘이'
'휘이익'
길 바람에 쓸리어
죽은 영혼이 춤춘다.

혼돈으로 가득 차오른 머리가 빙빙 돌고 있다.
덩달아 감정마저 들끓고 있다.

격해지는 감정은 단지 고양이! 미물에만 머물지 못한다. 한 미물의 죽음이 돌연 사고의 비약을 가져오며, 그 통곡을 나의 주말 집, 시골 설악의 'joys'home'에까지 데려온 것이다.

꼭꼭 닫힌 거실 창 안으로 난데없이 냉기 머금은 바람이 몰아치고 있다. 흡사 토네이도처럼 거실 안의 모든 걸 다 빨아들이는 바람이다.

내 몸이 만들어 낸, 내 몸에서 빠져나간 붉은 온기가, 거실 안을 한 바퀴 빙 돌면서, 습습하고 서늘한 냉기류로 바뀌어, 다시 내 몸 안으로 빨려들고 있다.

강한 대류현상이 일어나고 있는 것이다.

안타깝고 슬픈 과거의 기억들만을 골라내어 내 머릿속을 온통 점령하고 있다. 서글프도록 애통스러운 주검의 잔상들이 소용돌이 치며 내 생각을 압도해 온다.

내가 나를 주체하기가 힘들다.

무대 끝 저편 데크 난간에, 뒷산 잣나무숲에 사는 까마귀 가족 네 마리가 까아만 어둠 속을 허우적거리며 날아와, 바람에 날리는 검은 미사포처럼 펄럭펄럭 내려와 앉는다.

무대가 으스스하고, 괴이스러운 슬픔으로 가득 차오르고 있다.

당시 그 좋은 직장 '한전'에 다니셨다지만, 생활비마저 모두 탕진 하고 월급조차 변변히 안 갖다 주시던 무책임한 아버지…!

평화스럽던 가정을 내팽개치고, 늘상 술에 젖어 비몽사몽 혼미 한 정신으로 살면서, 원주 시내의 시청사 주변 요지에 흩어져 있던 금싸라기 땅들마저 한 필지, 두 필지씩 헐값으로 팔아 젖혀가며 홍청망청 탕진하고, 늘 친구타령, 술타령, 기생타령으로 한세월 한량으로 살다 가신 아버지다.

물론 탕진한 부분도 적지는 않았겠지만, 지금도 되돌아 생각해 보면 한 채의 빌딩만큼이나 컸던 그 많은 돈을 어디에다 다 썼는지는 도무지 모를 일이다. 다만, 매매 과정에서 줄곧 돌아가신 숙부와는 긴밀히 연락을 유지했던 걸로 어렴풋한 기억이 난다.

모든 이가 나름 행복한 삶의 지평이 있겠지만, 한평생 가족을 보살피지 않고 배려하지 못한 채, 그런 모습의 타령으로 사신 아버지에겐, 그게 곧 천국이었던 모양이다. 그러나 가족들에게 아버지의 천국이 곧 지옥을 의미했다. 하기야 아버지도 말년에 가서는 온갖 병마와 외로움으로 모진 지옥을 맛보셨지만 말이다.

가족들을 먹여 살리려고 군부대 부역 일에 온갖 잡일, 허드렛일을 가리지 않고 다니시며, 극한 노동의 대가로 주는 밀가루 한 포대와 보리쌀 한 말을 타와 늘상 꽁보리밥과 손칼국수를 해주시던 엄니!
왜 그땐, 흰 쌀밥이 그렇게도 먹고 싶었을까?
그 뜨거운 국수가 죽어도 먹기 싫었던 걸까?

오히려 수제비를 해달라고 생떼를 써봐도 아무 말씀 없이, 홍두깨로 국수판을 크고 둥글게, 얇고 얇게만 미시던 우리 엄니…! 물을 많이 붓고 끓여, 양만 많게 해서 새끼들에게 골고루 나눠주기 위함이란 걸 안다.

철없던 우리 형제들이 애먼 엄니한테만 짜증을 부렸던 것도 가슴이 저리도록 너무 아파온다. 게다가 할머니의 까탈스러운 시집살이를 모두 견뎌내면서도 불만 한 번 안 보이시던 착한 엄니!

지금 와서 생각해 보면 그때도 가정은 큰며느리였던 엄니 혼자만의 고생문이고 무한의 책임이었다. 어쩌다가 한 번 찾아오는 서울의 둘째 아들, 며느리는 늘 손님 대접 하듯 애지중지 편애하며 뒤로는 속닥속닥 큰며느리 고자질까지 서슴지 않고 늘상 대나무 곰방대를 물고 계셨던 할머니…!

당시 작은아버지는 국민대를 나와 중앙정보부에 근무하던 시절이라 목이 뻣뻣 위세가 상당했고, 용돈마저 빳빳한 신권으로 챙겨주시니 할머니가 좋아할 수밖에….

원주농업고등학교를 졸업한 아버지로서도 기가 죽은 탓인지, 아니면 동생을 진정 사랑해서인지 작은아버지말씀이라면 무엇이든 잘 들어주셨고 늘 친절하게 잘 대해 주셨다.

열 손가락 깨물어 안 아픈 손가락이 없다고 했거늘, 학력이 가른 차별이었던가. 어린나이에도 공부를 열심히 해서 출세를 해야 한다는 생각이 나를 압도했다.

결국 할머니는 끝끝내 엄니와 화해를 못 하시고는, 서울 작은아들네에 가서서 임종을 맞게 된다. 대놓고 말씀은 안 하셔도 엄니가 얼마나 가슴이 아프셨을까? 평생의 공이 바벨탑처럼 무너져 내렸던 것이다.

엄니가 무슨 잘못을 했길래…
착한 울 엄니의 무엇이 못마땅했길래…

그래도 알코올중독에 빠져 재산을 탕진하던 아들에 대해서는 한마디 싫은 소리 안 하시던 할머님이다.

우리 옛 여인네들의 공통된 비극이자 서글픈 숙명 아니었겠는가?

왜 그때 엄니는 그 고통과 억울함을 주변 사람들한테, 심지어는 우리 자식들에게마저 한마디 불평불만을 얘기 않고 가슴에만 묻었던 걸까?

이미 남의 집 귀신이 다 된 딸이 그렇게 사는 모습을 보는 걸 안 쓰러워해 외할머니는 집에 거의 오지 않으셨다.

　　그래도 가끔씩 채소, 곡식을 바리바리 싸 머리에 이고 들리시면, 그냥 호랑이상 주름 많은 얼굴에 눈물만 삼키시고는 이내 집을 나서고 마셨다.

　　당시의 시대를 지배했던 남존여비 사상이나 가부장적 사회 분위기도 한몫했을 터이고, 아무리 힘들어도 값싼 타인의 동정에 의지하지 않으려는 엄니의 꿋꿋한 성격이었을 거라 믿는다.

　　질경이 풀 같은 엄니의 그런 모습이 끝없이 아름답게 승화되고 있다.

　　그래서인지,

　　나로서도 억울한 누명이나 남들에게 오해 사는 일을 당했을 때, 여기저기 사방팔방 떠벌리지 않고 그냥 속으로만 꾹꾹 눌러 삭히는 스타일이다. 울 엄니가 할머니나 아버지에게 늘 그렇게 당하고 사셨듯이…

　　남들이 진실을 알든 말든 그게 뭐 그리 큰일이더냐…

　　오히려 내가 옳고 정당하다는 걸 구차하게 설명하는 자체가 토할 것 같은 역겨움이다.

그리 가깝지도 않은 주변인들의 어쭙잖은 동정과 이해 속에 나를 가둬 위안하고 싶지 않음이다.

그래서 더더욱 오해나 억울함을 풀어낼 길이 없어 속을 끓끓이는 경우가 허다하다.

완벽하게 강하지 못한 인간이니 어쩔 수 없는 모양이다.

속이 피멍으로 아파와도 엄니께 물려받은 내 성격이니 어찌하랴.

그래서 끼리끼리 모여 수군수군 남 얘기를 하고 낄낄거리며 시선을 피하고 그네들을 정당화하는 사람들을 보면 벌레 씹은 듯 싫다. 몰래 숨어서 뒤로 대하는 표정과 태도가 자연스럽지 않고 마냥 비굴해 보인다.

지인이나 친구모임, 기술인들, 심지어는 친척 간에도 사소한 무슨 일이 있을 때마다 쪼르르 연락을 해 어느 누구는 나쁜 놈이니, 건방진 놈이니, 성격이 어떻고 저떻고 디스를 하는 인간들을 보면 오히려 딱하고 한심하기 그지없다. 상대하기조차도 싫은 것이다.

참는 자에게 복이 있나니… 울엄니가 내게 물려 준, 속으로만 삭히는 인생 연습인 셈이다.

젊은 날 엄니의 아픔이 내 가슴속에도 하나 남김없이 전이된다.

급기야 아버지가 직장을 조기퇴직하시고는 당시로는 꽤나 많았던 퇴직금을 몽땅 서울에서 사업을 한다는 '안' 모 친구라는 분한테 빌려줘 이자를 받고 생활하려 마음먹으셨던 듯 했으나, 몇 해 지나지 않아 모두 날리고 말았다. 왜 가족은 외면하면서도 친구는 믿었던 건지….

아마도 당시에는 계좌이체라든가 하는 게 없어 분기별로 찾아가서 직접 이자를 받아오신 걸로 기억하는데, 처음에는 당시 최고 브랜드라는 '전승현'스케이트도 사 오시고, 때마다 우리들 옷과 신발, 색연필, 크레파스랑 위인전집, 연필 등 학용품도 사 오시며, 아버지로서 자식들에게 모처럼 잘하는 모습을 보이셨다.

그래서일까?
한동안은 돈 받으러 서울 가신 부모님이 언제쯤 오시나 기다려지곤 했던 기억도 삼삼했다.

너무 친구를 믿고 맡겼던 총재산이었던 것이다.
우리 식구는 모두 빈털털이가 된 것이다.

어느 겨울날! 서울로 돈 받으러 가셨던 엄니,아버지가 무거운 발걸음으로 어두운 표정을 하고 들어오셨다.

엄니는 울었던 건지 눈이 퉁퉁 부어올라 있었다. 한숨만 길게 내쉬고 아무 말씀이 없었다. 또 한 바탕 전쟁이 일어나기 직전의 긴장감이 방 안 가득 차오르고 있었다.

어린 나이의 형제들은 모두 이불을 폭 뒤집어쓰고 데룩데룩 눈치를 살피면서도, 너무 걱정스럽고 겁도 나면서 한숨이 절로 나왔다. 그때 생긴 나의 세 줄 이마주름이 어릴 적부터 이제껏 슬픈 훈장으로 낙인되어 남아 있다.

방 안의 공기가 천근만근으로 무겁고, 질식하 듯 숨이 조여들고 있다.

친구분 회사가 부도 났다는 거였고, 그때 이후로는 '안'모 친구는 연락조차 두절하고 숨어버린 것이다.

어쩔 수 없었던 부도였는지,

만만하고 약한 타겟을 노려 의도했던 사기였는지.

아버지의 친구분은 자신의 가정을 파괴했을뿐 아니라 애먼 또다른 친구 가족의 파멸을 자초했던 것이다.

설마 그게 우리가 될 줄이야.

시간마저 우리를 외면한 건지, 하루 이틀, 한 달 두 달, 해가 바뀌면서 점점 경제 상황은 최악으로 치달아, 당시 갖고 있던 백색전화마저 국세 체납 처분으로 압류되었다. 전기 수도마저 끊기는 날이 반복되면서 우리 집은 그야말로 냉기 서리고 벙어리가 된 도시 속의 외딴 섬으로 남게 된 것이다.

게다가 자질구레한 채무들도 눈덩이 부풀어 오르듯 쌓여가면서 사태를 옥죄어 오고 있다.

어린 나이였다지만 '목구멍이 포도청'이란 말이 실감날 정도로 가족들을 먹여 살리기 위해 강도나 도둑질하는 인간들이 이해될 정도였다. 망해보지 않은 사람들은 납득이 되지 않을 일이다.

돌이켜 보면 주변의 많은 사람이 집이나 논밭 뙈기를 상속받아 떵떵거리며 사는 모습을 보고 빚만 상속받은 나로서는 너무 부럽고 속쓰려 하던 일들이 아직까지도 머릿속 한편에 슬픈 추억으로 각인되어 남아 있다. 무엇으로 일어나야 할까? 무엇으로 살아야 할까? 절대로 나는, 나에 속한 미래의 가족들을 위해 적어도 아버지같이 살지는 않을 것이라 다짐해 본다.

내가 살면서 남들을 잘 믿지 못하고, 또한 친구를 잘 만들지 않는 하나의 연유도 예전 배반당한 아버지의 트라우마 때문이리라.

과연 신은 있는가? 또한 천국은 있는가? 하지만 분명 이승 속의 지옥은 있는 것 같다.

이후로의 내 아버지 모습은 기억해 내기조차 끔찍하고 싫지만, 엄니의 나날은 더 깊은 지옥으로만 빨려들고 있었다.

돈을 몽땅 떼인 이후의 아버지는 정신은 점점 더 피폐해져만 가고 술주정에 손찌검에, '부정망상 의처증'까지…. 인근 군부대 장교들을 대상으로 하숙을 하며 생계를 꾸리시는 엄니를 핏발이 충혈된 악마의 고양이 눈을 하고 끊임없이 의심했던 것이다. 헛된 망상이 또 다른 망상을 낳으며 우리 가족의 피를 말린다.

나의 위대했던(?) 아버지가 사악한 고양이 마을에 깊이 빠져 들었던 것이다.

사는 게 사는 것이 아니란 말을 실감하고 있다.

며칠 건너 부부싸움이 계속되고, 하물며 식구들 모두 남의 집에 피신하거나 집 바깥에 나가 떨면서 지낸 적도 한두 번이 아니다.
집안에 우리가족의 영혼을 갉아먹으려 분노로 가득 찬 눈을 부릅뜨고 있는 그 무언가가 있어서다. 내가 당시의 아버지 나이를 넘어선 아직도 그게 무엇인지 모르겠다. 아버지의 영혼 속에 또 다른 영혼이 뒤범벅되어 술만 취하면 인격이 돌변했던 것이다. 고양이 아니었을까?

그 당시에도 마찬가지지만 지금까지도 그게 내 아버지라고 도저히 믿을 수 없다.

내가 왜 태어났는가?

술에 절어 사시는 아버지가 정말 무섭도록 밉고 싫다.

세상이 원망스럽다.

둘째 누나가 진학을 포기하고 간호사로서 생활전선에 나섰고, 둘째 형이 2년제인 교대마저 졸업을 얼마 남기지 않고 휴학을 했다.
누나의 취업은 꺼져가는 우리 가정에 등불이 되었다. 너무 고맙고 구세주 같았던 누나..!

원래는 둘째 누나가 친 큰누나가 맞지만, 엄니는 맏며느리인 책임으로 배다른 친척 누나 하나를 어릴 적부터 맡아 성인이 되도록 키우셨다. 물론 할머님의 명령이었다. 검은 머리의 짐승은 집으로

들이는 게 아니라고, 힘든 형편 속에서도 키워준 정, 기른 정이 무색하도록 돌연 원망 가득한 남이 되어 떠나갔다. 그래서 그 누나는 기억이 별로 남아있지 않고 더더욱 정도 들지 않았다.

그 누나는 지금 대전에 살고 있지만 내왕은 거의 뜸한 편이다. 한참 나중일이지만, 셋째인 내가 맏이가 되었듯, 이러저러한 연고로 진짜 큰누나가 둘째가 된 것이다.

시내 중앙통의 '신생내과'라는 의원으로 또렷이 기억된다. 간호사가 서너 명 남짓 많진 않아도 들어간 지 얼마 안 돼 수간호사로 발탁되었고, 이후로는 병원 내 모든 일을 도맡아 책임지고 처리를 했다. 원장의 전폭적 지지와 믿음이 있었던 것이다.

그만큼 신뢰감 있게 일 잘하고 성실하고 인성 좋은 둘째누나다. 미스강원 후보로 뽑혀 전국대상 미스코리아 대회에 나가볼 희망도 꿈꿔보았으나, 그나마도 완고한 아버지의 반대에 결국 물거품이 되고 말았다.

당시 환자로 며칠간 입원했던 더벅머리 여드름 청년 하나가, 이쁜 누나에게 필이 꽂힌 것인지 퇴원 후에도 치근거리며 자꾸 따라다닌다고 했다.

그 덕분에 그 청년은 동생들인 우리 형제에게도 원주 시내선 꽤나 유명했던 코롬방 제과점 빵도 많이 사줘 환심을 샀다. 그게 바로 지금의 매형이다.

나는 아직 어린 나이의 중학생 철부지였지만, 누나는 꺼져드는 엄니에 무한 위로였고, 가족 모두에게도 큰 의지가 되었던 것이다.

지금은 제주로 이사해 살아 자주는 못 만나지만, 허리와 다리가 아파 힘들게 힘들게 지내고 있다. 장이 별로 좋지 않은 것에 더해 약한 허리는 조씨가문의 고질병인 듯 하다. 그저 안타깝고 미안하고 또한 고마움이다.

네 살 터울의 우리 누나!
말로 전하긴 쑥스럽지만, '오래오래 건강하게 살았으면 좋겠다.'

어린 나이였던 나로서도, 악착같이 타내는 학교장학금과 어린 학생들 가르치는 아르바이트로 독립해 나가지 않을 수밖엔 다른 별도리가 없었다. 그래도 나는 끝까지 내게 주어진 세상을 포기하지 않고, 지푸라기라도 잡 듯이 아둥바둥 매달린 것 같다.

그때도 일상으로 느끼는 '고'의 아픈 감각마저도, 또한 천국의 징조라고 믿었던 걸까?

이래저래 세월만은 빠르게 흘렀다.

1979년 봄!
불의의 사고로 둘째 형이 죽었다!

평생의 고통을 안으로만, 안으로만 삭히어 내시던 엄니도 형이 죽은 후, 허망함과 애통함의 반작용을 견디다 못해 나름 스트레스를 풀고자 함이셨던지 할머님, 아버지로 인해 이전부터 조금씩 입에 대시던 술을 차차 늘려갔다.

나중에는 아버님한테 받던 지긋지긋하고 끔찍한 술주정을 엄니한테도 받게 됐지만, 엄니의 모든 걸 알고 이해하기에 불쌍하기만 했던 엄니다.

그렇게라도 오랜 세월 누적된 울분 덩어리들을 깨부수어 해소하지 못했다면, 가슴에 온갖 피멍이 들어 얼마안가 쓰러지시고 말 것 같은 불안함이 늘 상존해 있었다.

'우리 엄마!'

가슴으로 머리로 묵직한 통증이 전해져 온다.

그런 걸 모르고 비교적 순탄하게 자라왔던 내칭구한테는, 신혼의 단꿈이 채 가시기도 전에 맞은 우리집 문화가 감당해내기 어려운 문화충격 아니었겠나?

그에 대해 아무런 할 말이 없을 뿐더러 언제나 미안함이고 서글픔이고 안쓰러움이었다.

그럼에도 불구하고, 예나 지금이나 잔잔한 미소를 잊지 않고 꿋

꿋이 잘 견뎌내 주어 고맙기도 하다. 아마 내칭구 역시, 작은 가슴은 이미 온갖 스트레스가 뒤엉켜 만든 고통의 트라우마로 가득 차 있을 것이다.

그 고통을 직접 살을 맞대 대면하고 뒤치다꺼리하면서 함께 겪어본 나 하나만큼은 알 수 있을 것 같다. 그래서 평생 동반자 '내칭구'로 일컬으며 살아가는 것 아니겠나?

우리들이 성장하면서 아버지는 끔찍스럽고 몹쓸 큰 병치레를 해야만 했고, 역경과 시련은 절대 혼자 오지않고 떼로 겹쳐 찾아온다는 말을 실감하는 나날이었다.

우울하고 슬픈 날들의 연속이었다.

다행히도 하늘이 도운 건지 수년간을 혹독한 병마와 싸우다가 가까스로 다시 건강을 되찾아 회복하셨지만, 이미 가세는 기울대로 기울어 우리들 진학에 까지도 악영향을 가져올 만큼 어렵고 힘든 나날이 이어져갔다.

엄니의 지극한 사랑과 정신력이 우리를 붙들어 주지 못했다면, 모두 함께 무너져 내렸을 거라 확신한다. 다시 저승의 무로 화했을 것이다.

이순신 장군보다도 더 위대하고 대단한 우리 엄니다!

그제서야 정신을 차리셨는지 아버지께서는 삼천리자전거를 새로 한 대 사셨다. 생전 안 하시던 일이다. 물론 지인 소개였지만, 아버님이 다시 일어나 보고자 원주시립도서관에 사서보로 취직해서 다니시게 된 것이다. 맡으신 일은 그리 어렵고 고된 일은 아니었고 단순하고 지루한 일이랄까?

정말 아버지의 의미 있는 결심과 긍정적 태도가 살아오면서 처음이었던 듯 싶다. 나이 든 아버지의 용기있는 시도에 눈물나도록 고맙기도 하고, 왠지 가엽기도 하고. 그렇게 밉고 싫던 아버지가 불쌍한 듯 여겨진 것 또한 처음이었다.

그렇다 해도 언제나 불안한 마음은 가시질 않았고, 특히 또 밖에 나가 그 지긋지긋한 술을 다시 입에 대시면 어쩌나 노심초사했던 일, 자전거를 타고 퇴근하시던 아버지를 고아원 앞 삼거리까지 매일매일 마중 갔던 일(실은, 그 삼거리에 술집이 몇 군데 몰려 있었기 때문이다), 자전거 뒤 짐칸에 노끈으로 꽁꽁 묶여 있는 호떡 열 개랑 돼지고기 한 근을 풀어 들고 좋아하시던 엄니 표정!, 도서관에서 무료로 대여해 오신 만화책 '마루치 아라치', '아톰'을 우리에게 읽으라고 안겨주시던 늙은 아버지의 쇠약한 미소 등이 슬픈 주마등되어 하염없이 떠오르고 있다.

두 눈에 눈물이 주르륵 흘러 콧잔등과 뺨을 타고 내린다.

주변에 '좋아 죽고 못 살겠다.'라던 친구들은 이미 오래전에 모두 다 아버지 곁을 떠나고 없다.

힘 있고 돈 있고 할 때의 친구였던 것이다. 아무 짝에도 쓸모없고 부질없는 것이 친구다. 말년이 되어서 홀로 외톨이가 된 아버지는, 가엾게도 집안에만 파묻혀 숨죽여 살면서, 안쓰럽기까지 한 초라한 말년을 보내시다가 쓸쓸히 외롭게 돌아가셨다.

비록 엄니께는 한 많은 세상이었다 해도, 아버지께서는 여한 없이 놀다 가신 그 여운이 아직 더 남은 때문이었는지 두 눈을 가늘게 뜨고 가셔서, 내 손바닥을 비벼 따숩게 하고 아래로 쓸어 사르르 감겨드렸다.

그 시대의 '내 아버지상'이다!

이 글을 쓰면서 '보편의 일상, 천국'을 그렇게 강조했건만, 아버지 같은 말년의 일상이 정녕 천국이었는지는 잘 모르겠다.

젊어서부터 늙기까지 내내, 밀밭 가득한 고양이 마을에 들어 영혼을 술독에 내팽개친 일탈자로서의, 생에 대한 반대급부이자 업보 아니었겠나?

이렇게 살다 갈 거라면 무엇 때문에 이 세상에 왔던 건지, 그렇다고 죽으면 천국이 도래하는지는 모르겠고, 있다 해도 아버지껜 천국의 문을 열어주지 않을 듯 하다.

인생이 허망하고 또 허망하다!
그치만 그 또한 일상의 천국 모습 아니겠는가?

천국은 항상 좋은 모습으로만 찾아드는 게 아니라고 하지 않았나? 사람들은 지금 내가 있는 바로 이곳이 진정한 천국인데도, 정녕 천국은 따로 멋지고 좋은 모습으로 있다고들 믿는다. 그건 종교적으로도 그렇게만 강조한다. 결국 내가 평소에 나름 정의해 오던 '보편의 천국'에 대해서 생각해 본다. 삶의, 생의, 그 모든 부분은 '일상의 천국', 그곳을 지향하며. 그곳에 진정한 평화와 천국이 있다고 믿는다. 늘 엄니의 산 육신이나 죽은 영혼이 머무는 이승인 것이다.

영혼이, 엄니의 품 속! 바다 같이 넓고 깊은 순수 속에 온전히 머물게 하리라.

집안은 아버님이 돌아가시고 조금씩 안정과 평화를 찾고, 엄니도 술을 끊으시고 지인들과 여행도 다니시고, 노인대학에도 다니시며 화목했던 예전으로 회귀하면서 차츰 정상을 되찾아 갔다.

엄니는 워낙 인품이 좋으시고 강인하셨다. 살면서 몇 번이나 이승을 떠나려고 결심하셨으나, 지옥의 저승사자 마저 그런 엄니를 인정하고 감히 데려갈 엄두도 못 냈던 것이다.

여성으로서의 묘한 카리스마가 있는 데다가, 당시엔 대부분 문맹인 또래 분들과는 달리 일간신문의 한자도 많이 아시고, 사리분별이나 판단력 또한 매우 빠르셨다.

재주가 많으셨고 생활력이 강한데다가, 인복이 많아 주변 사람들이 많이 따르는 터라, 나중에는 1,000여 세대가 넘는 아파트단지의 노인회장을 근 20여년간 도맡아 하면서 반년 삶의 의욕과 행복감을 얼마간 만끽하시는 듯 했으나,

세월은 절대자이신 우리엄니조차도 예외를 허락치 않았다.

'산수'를 넘겨 '졸수'를 바라보는 중간즈음에 갑작스럽게 건강이 나빠지고 정신마저 약해지며, 한 많은 세상에 설움만을 가득 남기시고 홀연히 떠난 것이다.

숱한 밤을 늦게까지 새가며 임종을 지켜보고자 애썼지만, 그날 밤은 몸도 피곤하고 하여 집으로 왔는데 하필 그날 새벽녘에 저승사자가 다녀간 모양이다.

요양원 연락을 받고 달려갔는데 눈을 감으신 엄니가 사무실 한 편에 외롭게 방치되고 있었고, 우리 형제들이 도착해서야 엄니께선 마지막 참았던 남은 한 숨을 퓨우~ 하고 내쉬셨다. 우리를 위해 돌아가시면서도 그 한 숨을 남기셨던 것이다. 이 또한 불가사의였고, 의사 선생님 왈, "그런 경우가 간혹 있다."라고 했다.

엄지 척!

세상에서 제일 예쁜 우리 엄니!

우리 시대의 '내 어머니 상'이다!

이런 숱한 상처와 고통, 슬픔의 궤적들을 마음속 철마 위에 실어 나르며, 집안 장손으로서 항상 가슴속에 원죄로 묻고 살았던 탓일까?

바야흐로 미물의 그 영혼은 한 젊은이의 혼을 다시 불러세운다.
앞서도 언급했지만, 끝내 사인을 밝히지 못한 미지의 사고로 원혼을 마저 다 풀어내지 못하고 구천으로 떠도는 둘째 형이다.
한동안 정상적인 생활을 할 수 없었고, 비통함과 한숨 속에 묻혀 살았다. 현실이라 믿고 싶지 않았다. 나도 형 뒤를 따라가고만 싶었다. 형의 유고를 실감하지 못하고 언제라도 방문을 열고 씩씩하게 들어올 것만 같았다.

살아생전에 약주만 드시면 그렇게도 형 이름을 불러대며 통곡하시던 엄니도 어느새인가 다시 곁에 와 계신다. 평생을 아이들만을 위해 희생하며 한에 묻혀 살던 엄니다.

죽음은 무얼 의미하는 걸까? 또한 영혼은 과연 무엇인가? 처음으로 죽음에 대해 생각한다. 착하게 살다 가신 사람들의 죽음 뒤에 과연 천국은 보장되어 있는 걸까? 잘 모르는 일이지만 결국은 살아생전 잘 사는 게 천국 아니겠나? 천지창조! 무에서 유가 창조되었듯이, 그 아무것도 없는 전생(무)에서 천국인 이승을 택해 구원된 게 바로 지금 이 시대를 사는 인간들이라 믿는다.

그래서 더 사악한 고양이의 유혹과 시험에 걸려들지 않고 살아야 할 당위성이 있는 건 아닌지.

4년 전에 남양주의 한 요양원에서 돌아가신 엄니의 '죽음에 이르는 전 과정'을 생생하게 더듬어내곤,

가슴으로부터 역류해 올라오는 긴 한숨을 토해낸다.

퇴근해 오면 어김없이, 굽은 허리와 다리 절룩거리는 아픈 몸으로도 따끈따끈 흰쌀 솥밥과 보글거리는 투가리[1] 된장찌개를 정성

---

1) 뚝배기의 방언.

껏 끓여주시던 엄니…!

세상에서 제일 값지고 맛있는 엄니 음식이지만, 먹으면서도 가
슴속으론 울고 있다.

한갓진 주말이면 엄니 곁에 교자상을 펴고 앉아,

근처 사탕 공장서 한 다라이 이고 오신 사탕을 하나하나 싸던
생각이 난다. 하나 싸는 데 작은 사탕은 고작 1원, 크고 복잡한 것
은 2~3원에 불과하지만 엄니랑 나란히 앉아 떠들면서 싸는 재미가
쏠쏠하고, 가까이 느끼는 엄니 숨결이 나를 행복하게 했다. 한달
내내 싸다보면 쌀 한 됫박은 살 수 있는 돈이다

왜 엄니만 생각하면 눈물이 맺히고 가슴이 찢어지 듯 아파오는
걸까…?

인간 뇌세포의 수많은 기억방 중에, 평생토록 훼손됨 없이 온전
한 방이 아마도 엄마방 아닐까?

고양이 마을 허공으로 한바탕 긴 한숨 파장이 번져나간다.

*

인간이 입술에 올릴 수 있는 가장 아름다운 단어는 '어머니'이고,
가장 아름다운 부름은 '우리 엄마'이다.
어머니라는 단어는 희망과 사랑으로 가득 차 있고
마음 깊은 곳에서 울려나오는 달콤하고 다정한 단어이기도 하다.
어머니는 모든 것이다.

슬플 때 위로가 되어주고, 절망했을 때 희망이 되어 주며, 약할
때 힘이 되어 준다.
어머니는 사랑, 자비, 동성, 용서의 원천이다. -칼릴 지브란-

그리운 형!
보고싶은 엄마!

항상 생각하며 살고 있어요!
더이상 이승에서의 업보엔 마음 안 썼음 해요!

억울하게 죽어간
한 맺힌 모든 영혼에 바쳐..

먼 미지의 세계로

홀연히 먼저 떠난

미칠 듯 흠모했던 한 여인의 널 발치에

눈물 젖은 흰 국화꽃을 놓아

추모했듯…

미처 피어나지 못하고

안타깝게 사그라져간

어느 대학 신입생 청년의

납골당 초상 앞에서

울며 까무러진 어미를 위로하며

통한의 마음으로

함께 눈시울을 붉혔듯…

이 계절

설악의 시골 정원에

흐드러지게 피어오른

연보랏빛 들국화

벌개미취 꽃을 한 아름 꺾어 바쳐

구천에 먼지 머금은 영혼들이나마

말끔히 씻어 위로하고 싶다.

이제 다시 격해졌던 감정을 삭이고
불의의 사고로 죽어간 미물에게로 생각이 옮겨진다.

요즘은 로드킬이 너무 흔하디흔해, 그간 아무 생각없이, 아니 오
히려 징그럽고 혐오스러워 찡그리듯 눈을 돌려 피해 다녔다지만…
오늘 따라 별나게 허망한 생각이 든다.

눈을 부릅뜨고 다녀도 전혀 보이지 않던 것이 새삼 내게 다가와,
아주 깊고 크게만 보일 때가 있는 법이다.

왜 시골 구석의 한갓진 차도 주변을 얼쩡거리게 되었는지, 도대
체 오늘 저승사자에 불려간 사자는 누구일까?

살찌고 털 번지르르한 귀족 집고양일까?
마르고 헝크러진 머리털의 천민 도둑고양일까?

여행이나 출장길이 아닌 이상, 한갓진 시골 구석에 누워 잠든 걸
보면 천민 고양이임에 틀림없다. 그렇기에 더 안타깝고 슬프고 허
망하다.

한쪽으로만 보이는 세상이 너무 불공평하다.

또 다른 한쪽의 세상이 있다.

마치 대기업의 귀족노조를 빼닮은 듯, 온갖 분에 넘치는 사치와 호사를 누리는 소수의 귀족고양이가 있다. 거만함과 탐욕이 하늘을 찌른다.

조선시대까지도 양반,상인의 신분제가 있었고
요즘에도 금수저 은수저가 존재하듯,

고양이 마을에도 태어날 때부터 계층의 구별이 있고
그 신분은 후대에까지 세습되고 있다.

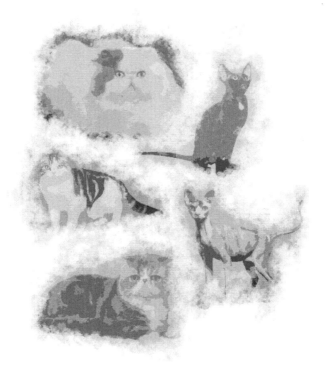

천민 고양이는 단지, '길고양이', '도둑고양이'란 네임으로 싸잡아 부르지만, 귀족 고양이는 나름대로의 고유네임을 갖고 있다. '페르시안', '데본렉스', '샴', '스핑크스', '러시안블루', '시베리안' 등이 대표적이다.

해마다 오월이면 그들 집단과 패밀리들이 총집결하여 그들만을 위한 성대한 성찬을 준비한다.

잔치는 무지막지하고 광적이며 폭력적이다.

붉은 깃발이 무질서하게 휘날리고, 북과 꽹과리, 호루라기와 부부셀라 소음, 과격한 구호의 함성이 난무한다. 죽창과 농눙이가 타작을 하고 돌맹이들이 하늘을 난다.

촛불이 켜지고 햇불이 된다. 몸에 시너를 뒤집어 쓰고 불춤을 춘다. 잔치라기보다는 일종의 집단 살풀이굿이래야 어울릴 듯하다.

대다수의 일반 무등록 노동자인 무적 고양이들은, 철저히 배제되고 짓밟혀 굿판의 제물로 바쳐진다.

주류 편에서 소외된 대다수의 길고양이는 살 곳이 마땅치 않고 먹이가 부족해 굶어 죽고 있다. 그러나 귀족고양이 편에 선 배부른 돼지들은 약자인 길고양이엔 관심조차 없다.

영원토록 강자로만 군림하기를 원하는 것이다. 행여 약자에게 그 힘을 골고루 나눠주면, 결국엔 똑같은 신세로 전락될 것을 우려함이다.

탐욕 많고 사악한 그들만의 잔치!

권력과 황금의 세습을 공고히 하려는 1% 소수의 음모이고 횡포다.

나는 원래부터 힘있는 자들을 견제하고 배척하는 경향이 있음을 안다.

힘은 탐욕이고 일방적 승리다.
힘은 남들의 영혼을 파괴하는 만큼씩이나 비례해서 더 강해지기 때문이다.

힘없는 자들의 영혼은 궁핍하지만 상대적으로 순수하다. 그래서 시기하거나 샘내지 않는다.

힘을 모으고 채워 나가기는 너무 쉬우나, 채워진 힘을 덜어내거나 빼내는 것은 낙타가 바늘구멍을 들어가듯 힘들고 지난한 것이다.

엄니의 가슴 아름은 작고 힘이 없어도 부드러운 강함이 있어 좋다.

사고 직전 그는 미리 죽음을 직감했을까?

찰나의 공포와 두려움도, 둔탁한 통증도 아예 느낄 수 없도록, 그냥 의식과 무의식의 전환 시차가 '0'이었길 바랄 뿐이다.

그 길을 가로질러 가면 이 시골 바닥에 무슨 소중한 것들이 기다리고 있길래…?

사랑하는 연인, 아니면 헐벗고 지친 가족이나 시골의 소박한 밥상 외엔 아무것도 없다. 그치만 여기선 그 밥상이 너무 간절하고 소중한 파이였던 것이다.

비록 눈물 젖어 부풀고, 구겨진 하나의 작은 빵조각이나 코묻은 지폐일지언정, 도둑질과 강도사기, 부정부패를 일삼아 강탈한 신권 뭉치,골드바보다 더 소중하고 절실한 가치 아니겠는가?

열심히 발품 팔고 사냥해서 얻어낸 결과물이다. 결코 놓칠수 없는 기회인 것이다. 그거라도 취해야만 허기와 죽음을 면하기 때문이다.

자본주의가 낳은 또 다른 비대칭과 불평등이 고양이 마을에도 그대로 적용되고 있는 것이다.

애써 힘들게 살려는 자를 그 누가 죽이고 있는가?

자연도태가 아니고서야 그들은 스스로 죽지 않는다. 자기 의지에 의한 사고가 아니기에 그냥 우연한 돌발적 죽음이었을까? 그것 또한 살인자를 특정할 수 없는 일종의 의문사, 개죽음이라 치부하겠지만,

근원적으로는 약자들 눈엔 '보이지 않는 손'! 빅브라더에 의한 방기타살일 수도 있을 것이다.

설사 돌발적 죽음이었다 해도 이미 죽음의 저승사자마저도, 가장 논란 없이 쉽게 선택할 수 있는 약한 고리, 고양이의 동선을, 그날 내내 예의 주시하고 추적하며 때를 기다리고 있지 않았을까? 악마가 한낱 미물의 죽음마저 꼬리 자르기로 장난질하고 있는 듯해 씁쓰름하다.

가족은 없었는지.
갓 태어난 젖먹이 새끼들의 엄마였더라면,
그 어린 새끼들은 어떻게 살아갈까?

비실비실 굶어 죽을지?
천적의 먹잇감이 될지?
아니면 망자의 상대이자 새끼들의 아버지인 수고양이가 먹여 살

리려나…? 어릴 적 아버지가 오버랩되면서 슬픈 망상에 젖어든다.

햇병아리처럼 가볍고 연약해 보이는 몸을 곧추세워, 말랑말랑한 발꿈치로 주변을 뒤뚱거리는 놈, 까실까실 손톱만 한 혀를 내밀어 잔털을 고르면서 그루밍질 하는 놈, 그르릉그르릉 저주파의 골골송을 부르며 스트레스를 풀고 행복해하는 놈, 늘어지게 사지를 쭉 뻗고 배를 하늘로 향한 채 코를 고는 세상편한 놈, 또 앞발톱을 세워 동료에게 토닥질을 하며 짖궂게 장난질을 거는 놈.

그리고…

한쪽 구석에 웅크려 앉아 외출 나간 어미를 간절히 기다리는지 버들강아지마냥 보송보송 작은 귀를 쫑긋 세워 이리저리 주파수를 맞추는 놈!

'엄마 엄마 엄마 엄마 엄마~아.'
얼마나 엄마가 보고 싶고 기다려질까?

내게도 울 엄니가 세상을 천국으로 만들었듯이,
그들에게도 엄마 있는 세상이 천국 아니겠나…!

갑자기 고 기형도 시인이 머릿속을 스쳤다. 89년 3월 14일 새벽녘, 종로의 파고다극장에서 소주 한병을 손에 든 채 29살 나이에 뇌졸중으로 돌연사한 그다.

내가 돈 없고 젊었던 대학생일 때, 같은 과 ROTC 동기 친구 y랑 동시상영 영화를 보러 몇 번 가본 극장이다.

상영이 끝나면 흙수저 출신 두 대학생이 '청진동먹자골목'에 들러, 싱겁고 밍밍한 막걸리를 곁들인 해장국을 게 눈 감추듯 먹어치운다.

시인도 죽지 않았다면 우리들처럼 그랬을까? 혹시라도 내가 즐겨 앉았던 영화관 맨 뒷줄 통로쪽 끝자리에 그도 앉았을지 궁금해진다.

어디에서나 공통분모를 찾아내고 싶음이다.

내가 사춘기 중고생일 때 또 한 찐친 'k.j.y'이란 친구가 있었다. 원주시 태장동의 '가메기마을' 동네친구다. 중3 무렵부터 오래 함께했던 예쁘장한 여사친이었는데 어쩌다가 헤어지게 되었다.

모든 게 내 잘못이고 귀책이다. 더 나은 미래와 더 큰 행복을 잡으려 눈 멀어, 옛 고리에서 홀연히 빠져나왔던 것이다.

우리 집에서 오름경사길로 열 집 남짓 건너가 그녀가 사는 집이다.

자그마한 키에 말 수가 유난히도 적었던 부끄럼 많이 타는 아이였다. 태장동 관음사 뒤편의 너른 '이판바위' 생각이 난다…!

한여름 밤 풀벌레 소리 지천으로 들리던 '댕대골'오솔길을 손잡고 함께 걸었다!

'합격생'과 '진학지' 생각도 난다. '아카데미극장'과 '시공관' 앞에서 그녀를 기다리던 생각도 소록히 떠오른다.

제천 '의림유원지'에서의 웃지 못할 에피소드 또한 눈에 선하다. 시내 중심지의 음악다방을 즐겨 갔었고, 그가 가장 좋아하던 팝이 '폴 앵카'의 '크레이지 러브'와 '닐 세다카'의 '유 민 에브리싱 투 미'란 노래나. 나노 넝날아 좋아했다. 지금노 그 노래를 늘으년 그녀 생각이 난다. '진추하'의 'One Summer Night'이 끝난 후 '이글스'의 '호텔 캘리포니아' 음악이 실내의 뿌연 먼지를 타고 흐른다. 아이러니이지만 '5·18 광주민주화운동'까지도 우리 한가운데 있었다. 그게 우리를 갈랐던 건 아닌지.

옛 추억이 나를 슬프게 한다. 가슴이 찢어지듯 아파온다.

몇 해 전이던가 제천 어디쯤 살고 있다고는 들었다. 지금은 연락이 두절돼 어디서 무얼하고 사는지 통 알 수 없지만, 우리 둘이는 트랜지스터나 일제 '워크맨'을 통해 매일매일 당시 유행했던 팝을

공유하고, 젊은이들이 모이는 음악다방에 들러 선호하는 대중가요
를 신청하며 또한 즐겨 듣곤 했다.

그때 쓸쓸한 고독감으로 우리들 가슴을 깊이 파고들던 한 가수!
어찌 보면 가요계의 기형도 시인 같은 느낌이랄까?

'하얀나비', '이름 모를 소녀', '나그네' 등 쓸쓸한 노래만을 발표하
고 33세에 지병인 폐병으로 죽어간 가수 김정호에 심취하여, 좋아
하고 광분하고 허망해 했듯이…

'빈 집', '영하의 바람', '입속의 검은 잎' 등 우울과 비관으로 점철
된 시작을 하며, 짧은 인생을 살다 간 불우의 시인 기형도!

젊은 시절의 내 정서와 공유되는 점이 유난히 많아 좋아했던 그다.

열무 삼십 단을 이고
시장에 간 우리 엄마
안 오시네, 해는 시든 지 오래
나는 찬밥처럼 방에 담겨
아무리 천천히 숙제를 해도
엄마 안 오시네,

배추잎 같은 발소리 타박타박

안 들리네. 어둡고 무서워
금간 창 틈으로 고요한 빗소리
빈 방에 혼자 엎드려 훌쩍거리던

아주 먼 옛날
지금도 내 눈시울을 뜨겁게 하는
그 시절, 내 유년의 윗목

기형도, 『입 속의 검은 잎』 중 『엄마생각』

머릿속 상상이 시인과 가수의 불행했던 삶과 오버랩 되며 애처로이 나래를 편다.

미물의 그들이 미래에 처한 운명에 대해 무엇을 알고 예견할 수 있겠는가? 아직은 아무것도 모른 채 마냥 천진무구할 뿐 사악한 오염은 없다. 그래서 더 안타깝고 가여운 것이다.

아아~어찌해야 하나.
오랜 기다림에 지치고 배고파, 엄마를 찾는 아주 미약한 아옹거

'에~옹, 에~옹'
엄마의 부재로 죽어가게 될
작은 영혼들의 울부짖음이
고양이 마을의 빈 허공에
통곡으로 번져 나간다.

림이 귓전을 맴돈다.

엄마 잃은 아이들의 천진난만함이 눈에 밟힌다.
엄마의 부재로 죽어가게 될 작은 영혼들의 울부짖음이 고양이 마을의 허공에 통곡으로 번져나간다.

'에~옹.'
'에~옹.'
귓속에 이명이 오고
머릿속이 혼돈으로 가득 차 오른다.

그들에겐 만년 천국이라 여겨지던 고양이 마을!

오로지 힘만이 지배하는 세계,

힘은 유한하고

환각의 세계는 잠깐인 것이다.

10.
네로가족의 숙명

요 며칠 마을에 통 모습을 보이지 않는 네로 가족이 문득 떠오른다. 먹잇감이 부족해 영역을 넓혀 멀리까지 사냥을 떠난 모양이다.

죽음의 저승사자가 기다리는 위험한 한길까지는 안 갔길 바랄 뿐이다.

모두 무사하리라 기도해보지만 그들 가족에게도 그리 밝지 못한 어두운 미래가 전개될 것이라 본다.

그것이 고양이 마을의 숙명이다.

비록 머릿속의 상상이지만, 그들의 미래가 눈에 선하게 펼쳐져 보이고 있다.

그들에겐 천국이라 여겨지던 고양이 마을!

환각의 세계는 잠깐인 것이다.

부모 품에 안겨 사랑과 보호를 받으며,

작은 수세미만 한 쥐를 제물로

잔치를 열고 배부르게 먹고 흠뻑 취하고,

함께 뒹굴며 즐겁게 춤추던 곳!

잠시 잠깐동안 고양이가면속의 유토피아였던 것이다.

이미 마을을 벗어나 떠나간 기차는 다시 오지않고,

빈 역사앞엔 잡초만이 무성하다.

청년기의 새끼들이 성체가 됨에 따라 차차 가족해체가 이루어질 테고, 뿔뿔이 흩어진 개체들의 우두머리 쟁탈을 위한 영역 싸움과 종족 번식 전쟁이 본격화될 터이다.

인간으로 치자면 권력욕과 번식욕 일종의 성욕이다. 그들에게도 인간의 뇌 속에 쾌락호르몬 '도파민'이 생성될 때처럼, 찌릿짜릿 황홀경의 성욕이란 게 있는지 모르지만 말이다.

똑같은 파이를 두고 기하급수적으로 늘어날 손자손녀 등 개체 수 확대에 따른 불가피한 먹이전쟁이 그들 앞에 처절히 놓여 있는 것이다. 이건 물욕이자 식욕이고….

최장 30여 년 이상 장수로 생명을 유지한 것도 있다지만 위생과 사고에 취약한 길고양이들의 평균수명은 고작 5년 내외라 들었다.

네로와 포페아는 새끼들의 전폭적 지지 아래 아직 무리 내 권력과 힘을 과시하지만 그것은 극히 유한할 따름이다.

성질 사나운 맏형 브라운이 언제 판을 뒤엎을지, 앙칼스러운 바둑이가 돌연 배신할지 아무도 모른다.

음흉스럽게 자란 바둑이는 엄마 포페아와 근친상간 교미를 하고, 우두머리 네로는 우울에 빠져든 사춘기 그레이를 덮칠지도 모른다.

질서와 법, 도덕이나 규칙이 없고 탐욕만이 지배하는 사회! 고양이 마을의 광란 파티가 절정으로 치닫고 있다.

이제까지 한평생 가족들을 위한 혁혁한 공과 희생에도 불구하고, 자기 기운과 사명을 다한 네로와 포페아는 머지않아 그들 무리에서 따돌려지게 되고…

하루하루를 극한 외로움과 쓸쓸함, 고통 속에 나 홀로 남겨져, 온몸 가득 옮겨붙은 진드기에 피부병이 심해지고, 대가리엔 털이 숭숭 빠지고, 대소변기능마저도 떨어져 오줌도 찔찔찔 시원하게 나오질 않는다.

시도 때도 없이 허파에 바람이 샌다.

간땡이 띵띵 붓고 폐는 그릉그릉 가래가 끓는다.

언제부턴가 배 속에 딱딱한 뭔가가 만져지고 간헐적으로 깊고 무거운 통증이 밀려온다. 입맛은 점점 떨어지고 눈 멀고 귀 먹고, 간혹간혹 헛것이 보이기도 한다.

밤이 되면 머리맡에 칼을 숨기고 자지 않으면 불안해진다. 시도 때도 없이 나타나는 죽음의 저승사자 때문이다.

그래도 다시 아침이 되어 눈을 뜨면, 욱신욱신 쑤셔오는 허리와 저리고 시린 다리 절뚝여 힘겹게 꿈적이면서 고독한 생의 끝을 조금이라도 지연시키기 위해, 한걸음 한걸음 먹이사냥에 나가게 될 것이다.

심한 우울증으로 괴로워하던 젊은 그레이가, 아빠 네로의 돌출적 충격행동으로 순결을 잃고 나서 바로 며칠 후 제일 먼저 세상을 달리한다. 그 다음 네로가 딸의 죽음에 대한 죄책감에다 급성간암이 겹쳐 쓸쓸히 사라져간다.

브라운은 주검도 못 찾았지만, 근처 살쾡이의 공격으로 죽었다는 소문이 자자하다.

혼자 근근이 생을 연명하던 포페아가 몇 해 더 버텨보지만, 노환에 따른 온갖 지병과 극한 외로움으로 그 뒤를 따라 잇는다.

생각은 인생의 마지막 여정에 대한 회한으로 옮겨가고 있다.

인간 세상에서도 나이 들면 온갖 병마와의 부단한 싸움이고, 외로움에 견디는 방법을 터득해야 한다고들 한다. 은퇴를 계기로 대들보의 견고한 주춧돌 같았던 인간관계의 뿌리가 송두리째 뽑혀나가고 이젠 그마저 몇 안 남았던 주변인들이 해 바뀜이 지속됨에 따라 관계 자체가 뜸해지며 만남은 또 다른 부담으로 다가온다. 세월 따라 바람 따라 지인들의 부고 소식이 잇따르며 텅 비어가는 가슴에 서늘한 냉기가 인다.

결국, 오랜 정이 든 가엾은 아내만이 옆자리를 지키면서 '님아! 제발 내 곁을 떠나지 마오' 흐느껴 보지만 황천으로 가는 길은 누구든 혼자다. 짧은 공즉시색의 일상에 영원한 색즉시공의 순간이 도래하는 것이다.

고양이 마을이라고 예외일 수는 없는 것이다.

시간이란 마술 아래 늙고 병든 어미들은 그들 세상에서 자연도태되어, 산자락 후미진 곳이나 데크 아래 시멘트 바닥에서 흉흉한 주검으로 발견될 것이고.

이제 고양이 마을은 흔적도 모르게 사라져버린다. 세대가 교체되며 이전의 점령군세대가 망각의 세계로 접어든 것이다.

이렇듯 고양이는 묘한 신비감을 자아내기도 하고 신성한 영물인 듯한 느낌도 많이 들지만, 또 한편 불쌍함과 측은지심마저 드는 건 왜일까?

아마 우주 삼라만상의 지배자이면서 우월자인 인간으로서 느끼는 어쭙잖은 배려와 보호본능 아니겠는가?

대등하게 바라보지 못하는 어처구니없는 오만함이다.

인간의 허울을 훌훌 벗어던져 버리고 네 발 벌거숭이 전라의 몸뚱이로 기어다니면서, 끈끈하고 허심탄회한 대화나 긴밀한 교접이라도 함께 나누고싶다지만, 야생으로 자라온 터라 인간에 대한 경계가 아주 심하다.
불신으로 가득 찬 그들이 오히려 인간의 접근을 거부하는 것이다.

인간이 태초의 유인원 시대로 회귀하지 않는다면 이루기 힘든 꿈이다. 그러나 언젠가는 그들 집시가족을 이해시키고 설득하여 친밀해질 수 있길 기대해본다.

서로가 지배하고

지배당하는 경우 없이

공평하고 평화로운 세상을 위해…

호리고 홀리고

환각의 혼돈에 함몰된

고양이 마을 여행에서의

탈출을 위해…

상실이 없는 세계를 위해…

'1Q84'?

의문의 새로운 세계!

존재하지 않는 세계!

다시는 돌이킬 수 없는 세계!

11.
1Q84'과 고양이 마을...

요양원 아버님 병문안으로 몸과 마음이 지친 한 사내가 돌연 여행을 결심한다. 일정한 목적지도 없이 기차여행을 하다가 우연히 내린 마을.

마을은 텅 비어있고 정적마저 감도는 비현실 속 이상한 마을…

다 저녁이 되고 땅거미가 어슷어슷 내리자 어디서 나타났는지 고양이들이 나타나 건물을 점유하고 가계를 열어 장사를 하고 음식을 먹으며 그들만의 세상을 연다.

숨어서 호기심과 두려움 가득 이를 지켜보던 그순간, 고양이들이 의심의 눈초리를 보내기 시작하는 것이다. 하지만 그들은 이 사내를 볼 수가 없다. 사내는 이미 상실되어 버렸기 때문이다.

고양이 마을을 벗어나고자 하지만 내렸던 기차역도 운행하는 전철도 그 마을을 비켜간다.

사내는 완벽히 상실된 것이다.

무라카미 하루키, 『1Q84』 중

우리는 간혹 일상의 세계와는 전혀 다른 세상에 들어와 내 의지와 존재감을 완전히 잃은 채로 영혼없이 헤멜 때가 종종 있다.

상실의 세계에 들어와 있는 것이다.

*
**

올 4월 말에 생애 최초로 울릉도여행을 갔다. 대학 시절 M.T로 한려해상을 배로 유람하며 죽을 고비를 넘긴 적이 있다.

또 직장 초년 시절 국립공원프로젝트로 다도해상을 간 적이 있었는데 신안 앞바다 비금도초와 흑산도, 홍도 현장조사였다.

그 역시 거센 먼바다 파도에 그로기가 되었다. 그간에 심한 배멀미의 두려움으로 꾹꾹 눌러 미뤄뒀던 먼 바다 섬 여행의 숙원을 푼 것이다.

섬 내 숙소는 '라페루즈'라는 산 중턱의 리조트였다.

포항 영일만항에서 크루즈선을 타고 그 다음날 아침 사동항에 일찍 내렸고, 선착장에서 바로 렌트카를 인수해서, 어둑할 때까지 섬 여행을 즐기다가 비로소 숙소로 향한다.

좁은 미로가 많다 하여 네비게이션이 소용없는 섬이란 말을 익히 들었던 터라 중간중간에 물어물어 찾아가는데, 아무리 가도 가던 그 길이 또 나왔다. 깜깜한 산길로 접어들면 다시 후진해서 가보다가, 급기야는 콘테이너와 공사 중장비, 흙더미 가득한 울릉비행장 공사 현장의 막다른 길로 접어드는가 하면, 가도가도 제자리걸음이었다. 산 중턱에 위치한 숙소는 좀처럼 모습을 드러내지 않는다.

이젠 길을 물어볼 인기척조차 없는 막다른 산길이다.

지형이 아주 낯설다.
데룩데룩 겁이 차오른다.
또 고양이한테 홀린 것일까?

정신 줄을 한번 놓으니 좀처럼 오감이 제 기능을 회복하지 못하고 있다.

차를 멈추고 눈을 감아봐.

긴 호흡을 열 번만 해봐.

처음으로 돌아가야 해.

초입부터 다시 시작해.

침착해야 해.

마음을 진정시켰다.

불과 5분 거리의 숙소를 몇십 분을 헤맨 끝에 천신만고로 찾아
내고서야 내 칭구랑 나는 비로소 안도의 숨을 내쉴 수가 있었다.

나는 생각한다!

방금 전 헤맨 세상은

애초부터 존재하지 않는 세상이었던지…?

아니면,

그 세상 속에 첫발을 들이는 순간부터

나 자신을 온통 상실했던 건지…?

몇십 분간의 아주 작고 사소한 일이라 치부할 수 있겠지만 미미
한 일들이 쌓여 상실이 오는 것이다.

아직도 미스터리한 의문이 가시지 않는다.

나의 30대…!

마포구 공덕동의 지방행정회관 빌딩에 회사가 입주해있던 시절이다. 시청앞 고깃집에서 진급자들 축하를 겸한 부서회식이 있었다.

행사가 끝나고 조 대리는 만취되어 길동으로 가는 21번 좌석버스를 탔다. 조 대리는 전부터 버스를 타면 보도가 바로 보이는 창가에 앉는 습성이 있다.

밖을 내다보며 지나가는 행인의 표정과 생각을 읽고자 함이다. 흥미롭기도 하고 나름 많은 상상을 하게 된다.

그러나 내가 그들을 읽는 건지, 그들이 차창에 갇혀 물끄럼이 밖을 내다보는 나를 읽어내는 건지 모를 일이다.

나를 관찰고양이로 보는 건 아닐까?
그렇다 해도 역시 피장파장 아니겠는가…?

그날도 역시 창 쪽에 자리하고 밖을 내다보지만, 행인들 모두가 뿌연 안개 속에 싸인 듯, 알콜기 촉촉한 망막에 촛점이 맞춰지질 않는다.

머리가 뱅글뱅글 돌고 있다.
버스도 함께 돌아가고 있다.

이내 오르는 취기와 버스 좌석의 푹신거리는 흔들림에 잠깐 잠이 들었는데 별로 기분 좋지 않은 꿈을 꿨다.

온갖 스트레스가 술독에 발효되며 부글거리는 꿈이다.

낮에 눈과 머리 귀로 파고들어 왔던 온갖 스트레스 조각들이 이제야 입을 통해 여지없이 쏟아져 내린다.

순간 정신을 차려 눈을 떴는데 도무지 내가 왜 여기 와 있는지 뭐가 뭔지 통 모르겠다.

오늘 하루의 기억이 아득하다.
멍하니 상실이 온 것이다.
아직도 세상이 술기에 취해 비틀거리며 돌아가는 중이다.

고릴라 인상을 한 기사 아저씨가 눈을 희번뜩 부라리며 내리라고 한다. 낯선 사람 간의 부탁이 아니라, 주인장이 상놈을 막 대하는 듯한 명령조로 들린다.

잔뜩 겁먹은 얼굴을 하고는 허겁지겁 버스를 내려 길을 찾아보지만 도무지 분간할 수가 없다.

여기가 어딘지?
어느 쪽으로 가야 할지…
내가 이 꼴이 대체 뭐냐구.
내가 뭐지?

술독에 빠져 허우적거리는 생쥐 모습의 나다.

그렇게 생각하면서도 집으로 향하는 길머리를 찾을 거라고 무작정 거리를 헤맨다. 오로지 버스를 타기 위함이다.
쥐꼬리만 한 봉급쟁이인 내가 덜컥 택시를 잡아타는 건 사치이고 낭비다. 분수에 맞지않는 일이다. 근데 큰길마저 멀어져가고 막다른 골목에 와있다.

몸과 마음이 지쳐온다.
정신마저 혼미하다.
어느덧 자정이 훨씬 지난 듯하다.

화려하던 거리 빌딩들의 네온사인은 돌기를 멈췄고 상점들의 불빛도 이미 사라진 지 오래다.

더 어두워진 거리에서 갑자기 나타난 검은 회색의 콘크리트더미가 내 코에, 입술에, 뺨에, 선채로 달려와 사정없이 세게 부딪친다.

상처가 나고 선혈이 흐른다.

거리엔 휘청거리는 몇몇 좀비만이 푸른 수은등 불빛 아래 간간이 눈에 띄고 길은 창백해지고 텅 비어간다.

버스는 더 이상 이 마을에 모습을 보이지 않는다.

가던 걸음을 잠시 멈추고 생각해본다.

저 좀비들 눈엔 조 대리가 저희와는 격이 많이 떨어지는 상처투성이의 괴이한 좀비로 보이지 않겠나…?

덜컥 겁이 차 오른다. 내가 무서워 한다기보다는 오히려 그들이 나를 두려워하지나 않을까의 우려다.

결국엔 지나가는 빈 택시를 세워 타고 그 괴이하고 망망하던 종점 동네를 겨우 빠져나올 수 있었다.

고양이의 장난인 듯하다.

에틸알코올에 마취돼 정신 줄을 놓다가 영험한 고양이에게 혼을 빼앗겨 엉뚱한 세계에 발을 디뎠던 씁쓰름한 경험이다.

**

대학의 대운동장, 108학군단의 연병장이다.

ROTC 1년 차들의 빠진 군기를 다잡고 나서, 청량리의 철길 구석 한편에 허름하니 자리잡은 단골 튀김순대집에서 뒤풀이를 하고 있다.

검은 베레모에 하얀 단복을 입은 우리 일행이 아니꼬워 보였는지 맞은편에 자리잡은 껄렁해 보이는 장발의 청년들이 먼저 시비를 걸어 왔다.

(나중에 알게 되었지만 동네 양아치들이다)

2년 차 중엔 그래도 내가 키가 제일 크고 덩치도 돼 보였던지라 참을 수 없었다. 자존심이 구겨져 펴질 줄 모르고 있다.

이내 의자가 날아가고 술병이 깨지고, 주먹다짐이 시작되었고, 화끈하고 질펀하지만 우리쪽에 일방적이다.

1년 차 병아리들 앞에서 2년 차인 내가 싸움닭이 되어 펄펄 날고 있다. 참으로 오랜만에 해보는 싸움이다. 잠시의 방심을 틈탄 순간, 상대의 주먹이 별똥별처럼 세게 날아들고 정신이 혼미하다.

두려움에 떨던 주인아줌마가 경찰에 신고하여, 모두 다 파출소로 연행이 되었던 적이 있다. 경찰들이 빨리 오지 않았다면 큰 사건으로 비화될 수 있었던 순간에 구세주가 나타났던 것이다.

내가 맞을지, 우리편이 다칠지. 자칫 굴욕이 될 수도 있지 않았겠나? 다행히도 주인아줌마의 선처 호소로 우리는 새벽녘에 먼저 풀려나올 수 있었다.

취기에 의한 활극이라 해도, 활극도 여러 번 하다 보면 중독이 되고 싸움꾼이 되는 것이다.

남자라면 누구에게나 이런 유사한 경험이나 이보다 더한 좋지 못한 기억도 있으리라 생각한다.

세상에는 마약이나 알코올에 중독돼 영혼을 잃어가는 고양이들이 부지기수다. 작은 실수를 하다가 점점점 실수의 강도가 세진다.

나는 적어도 마약만은 입에 대지 않았다. 다만 고등학교를 졸업하고 대학에 떨어져 낙향했던 재수시절에, 아버지가 잠깐 운영하시던 사진관의 기사 형이 한 번 빨아보라며 건넨 대마초 한 모금이 전부다.

아무 맛도 느끼지 못하고 그저 종이 탄내만이 입안으로 들어온다. 심한 기침으로 빨기를 멈췄다.

아버지는 달에 한 번도 사진관에 안 나타나시고, 모든 걸 기사 형에게 맡겨놓았던 시절이라 가능했던 탈선이다.

술 그리고 마약⋯!
참아낼 수 없는 유혹이다!

그들은 종종 이성을 마비시키고 중추신경계의 감성과 감정만을
자극해, 극한 환각과 만용의 구렁텅이로 인간을 몰아넣는다.

주사가 오고, 주폭이 오고,
성희롱과 강간이 오고,
자살과 살인이 뒤따른다.

시옥문에 이르는 길은 그리 먼 것이 아니다.
환각, 환청, 환상에 빠져 스스로 지옥문을 두드린다. 빨리 깨닫
지 못하면 영원한 지옥이다.

끓는 감성은 이성으로 억제해야만 하는 것이다.
너무 솟구쳐오르는 감정은, 보편의 일상인 천국이 배제된 위험
영역인 것이다.

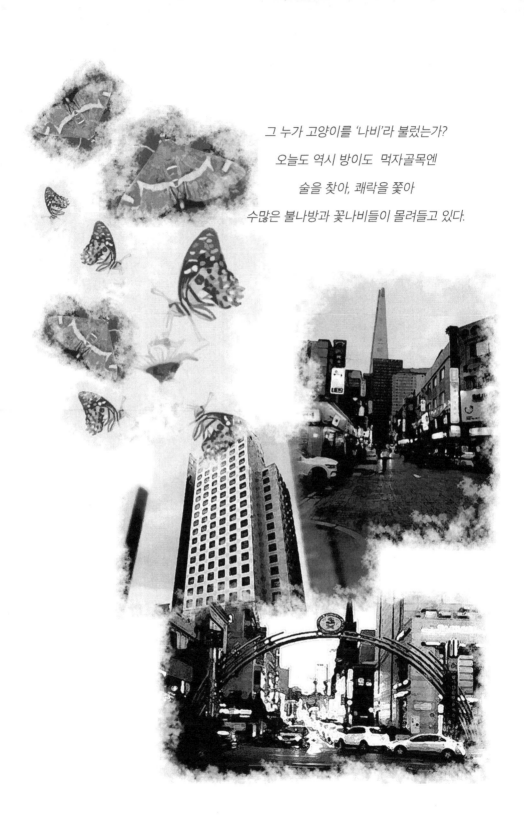

그 누가 고양이를 '나비'라 불렀는가?

오늘도 역시 방이도 먹자골목엔

술을 찾아, 쾌락을 쫓아

수많은 불나방과 꽃나비들이 몰려들고 있다.

12.
밤의 황제! 불나방으로 변신하다

벗은 설움에서 반갑고
임은 사랑에서 좋아라.
딸기 꽃 피어서 향기로운 때를
고추의 붉은 열매 익어가는 밤을
그대여, 부르라, 나는 마시리.

김소월, 「님과 벗」

내가 제일 좋아하고 유일하게 애송하는 시이자 권주가다.

그 누가 고양이를 '나비'라 불렀는가?

이전 챕터에 이어 알코올의 유혹은 끝간 줄 모르게 이어지고 있
다…!

오늘도 역시 술을 찾아 수많은 불나방과 불나비가 몰려들고 있다.

내가 한때 '방이동먹자골목' 밤의 황제라 불리던 시절…!

보행지우선도로인 오금로 11길!

500여 미터 안팎 메인 2차선 좁은 골목길에 저녁 어스름이 깔리기 시작하면, 일대 불나방들이 한꺼번에 몰려들어 버글거리고, 차도를 점령한 택시와 승용차들이 입추의 여지 없이 꽉 들어차 거북이마냥 기어다닌다.
여기선 그야말로 차들이 거북이인 셈이고, 사람이 토끼인 것이다.
길옆으론 2~5층 건물의 오밀조밀한 유흥시설이 빼곡히 들어차 그야말로 불야성을 이루고 있다.

골목길 두서너 집 걸러 여기저기서 사장님, 조 대표님, 옵빠, 쟈야!

난리법석 발광스러운 나비들의 날갯짓이다.
밤의 황제, 왕초나방을 서로 모시려는,
짙은 화장발의 밤나비 삐끼들인 것이다.
짧은 미니스커트에 얇은 민소매 티를 한 겹만 걸쳐 입어, 탱글탱글 젖가슴 꼭지와 터질 것만 같은 허벅지 맨살이 훤히 드러나는 자태가, 황제의 숨겨졌던 '에토스'를 한없이 끌어올린다.

어디에 내놔도 전혀 안 빠지는 출중한 미모들이다.
야스럽고 섹시하고 눈부시다.
앞길이 창창한 어린 것들이다.

한창 물이 차올라 갖은 교태를 부리며,
황제에 충성하는 방이동 불야성의 야스러운 불나비 공주들이었
던 것이다.

삼천궁녀에 둘러싸인 백제 의자왕이 과연 나날이 행복했을까?
지금에서야 되돌아 생각하면 고역이었을지도 모르겠다는 생각이
순간 들었다.

감당이 되느냐 안 되느냐의 문제다.

하기야 그땐 혈기왕성했던 전성기였으니까 '1'도 그런 생각은 안
했던 것 같다. 닥치는 대로 붓고 마시고 향락을 즐긴다. 그냥 탐욕
스러운 동물의 원초본능만이 나를 지배했던 시절이다. 내 아버지
의 피가 흐름을 안다!
인간이기보다는 그저 충실한 종복으로서 손님 접대와 내 스트

레스 해소를 위한 영혼 없는 꼭두각시 파트너로서의 불나비였을
뿐, 그 이상 그 이하도 아니다.

황제에 의해 골목길 인권이 땅바닥에 하염없이 내동댕이쳐진다.
실은 모두 어느 부모의 애지중지 귀하고 소중한 처자들이거늘…

이 밤에 골목 한편 어디를 들른다 해도 미련 없이 반가움이고
즐거움이겠으나, 그러나 오늘은 모두 다 생깔 수밖엔…

눈짓과 미소로 오늘만 날이 아니니까 간택받을 날을 기다리라
한다.

오만한 황제가 점점 간땡이가 부어오르고 있다. 동네 '가다'처럼
어그적거리며 길을 후빈다. 곁에 함께하는 비서관 일행들이 황제의
요란스러운 행차에 어리둥절 귀죽어 따라오고 있다.

황제는 은근히 그들 모습을 아래로 내려보며 즐기고 만끽하고
있는 것이다. 방금 전까지도 세상을 다 얻은 듯한 교만함으로, 목
을 뻣뻣이 치켜세우던 권력의 노예들이었다.

권력이란 옳게 쓰면 한없는 은혜로움이나 잘못 쓰면 끝도 없이
사악한 것이다. 몇 달 전까지만 해도 세상 밑바닥을 헤메던 운동권
의 일개 조무래기들이었거늘…

황제는 이 순간만큼은 세상이 모두 다 자기 중심으로 돌고 있다고 보는 건지 속으로는 '나 이런 놈이야!'부르짖으며, 묘한 착각 속에 도취되어 돌아가고 있다.

그들 머리 꼭대기 정수리에 올라앉아 조롱하듯 짓누르며 거들먹거리고 있는 것이다.

지동설인지
천동설인지
접대를 위한 건지
내 욕구해소를 위한 스트레스 방출인지

검은 고양이와 흑까마귀!
양수겹장이라면 이보다 더 좋을 건 없지 않겠나…

**
**

룸만 예닐곱 개를 보유한 중규모의 지하 '비즈니스룸'은 오늘도 으레 일찌감치 주점 간판 등을 끄고 셔터를 내려 닫았다.
제16대 대통령 시절…

푸른 집에서 비서관들 일행이 회사를 내방한 날이다. '오늘은 어디로 모실까나?' 수첩을 뒤적이며 고민하다가 미리 한 통의 예약전화를 돌렸었다.

02-422- 8xxx…

"사장니임! 무척이나 기다렸는데 이제야… 흑흑~"

2인조 그룹밴드가 동원되고, 시키지도 않은 고급 안줏거리가 제멋대로 들어와 그 긴 테이블 위를 한상 가득 점령한다. 룸 중앙을 장식한 샹들리에는 생전 보지못한 화려함이고, 천장에 박혀 무수히 빛나는 할로겐 불빛이 그야말로 아릇한 무드를 만들어내고 있다.

우리 일행 수의 1.5곱절 불나비 파트너들이 문 편 테이블 먼발치에 일렬횡대로 줄지어 서서, 사뭇 도발적인 표정과 동시에 겸연쩍은 미소를 보이고 있다.

물론 반대편 상석은 갑 측의 지위 고하를 막론하고 언제나 밤의 황제가 차지하고 있다. 황제는 늘상 그 집의 퀸카였던 'l.h.j'이란 파트너가 미리 정해져 선택권이 없었지만, 남은 불나방들의 마수걸이 간택을 초초한 긴장감으로 기다리고 있는 것이다.

살이 통통히 오른 나비,

마른 듯한 날씬한 나비,

다소곳 착해 보이는 나비,
요염하고 섹시한 나비.

'마마콤플렉스!'
'오이디푸스 콤플렉스!'

젊었을 때의 엄마 모습을 쏙 빼닮은 나비,
얄밉게도 한량 아버지의 애첩을 닮은 나비!
생글거리는 눈을 가진 나비!
입가 미소가 예쁜 나비.

마치 나비전시회에 온 것 같다.

조금은 안됐다는 생각이 들지만, 조밀하고 끈적끈적한 거미줄을
통과하지 못한 불나비들은 그 즉시 퇴출이다.

그렇게 우리 일행만을 위한 환락의 파티가 열리고,
그 파티는 자정을 넘겨 날짜 바꿈을 하면서까지 끝날 줄을 모른다.
더 젊었던 사회 초중년 시절엔 '이런 핫한 요지경세상도 있구나!'
하며 헛구역질과 경악, 그러나 이내 곧 적응의 탄성을 지르던 나다.
촌스럽고 순수하기만 했던 내가 언제 이렇게 칙칙하니 퇴색되었

던 건가?

짧은 스포츠형 각두기머리를 하고, 얼굴과 목덜미엔 깊은 칼자국이 나 있다. 팔뚝에는 용 문신을 새기고 있는 조폭 행동대원 출신의 기도 'ㅊ'모 삐끼가 나를 형님으로 모시는 집이다.

'승훈'을 처음 대했을 때는, 그야말로 인상이 더럽다 못해 공포감마저 내뿜는 매우 안 좋은 선입견을 갖고 있었지만, 오랜 기간 친하게 잘 지내다 보니 그도 여리고 의리심 많은 보통의 친구였다고 회상된다.

이 글 중에 이미 언급했지만, 근본부터 나쁜 사람이 있을까? 모르겠다. 그는 아직까지도 그바닥에서 굴러먹고 있는지? 가끔씩 전화질에 문자질이다.

그냥 삼삼히 떠오르는 그리운 기억 저편 너머 하나의 단상이다.

올림픽공원 평화의 문 바로 맞은편에, VVIP 단골로 드나들던 6층짜리 건물의 모 고급살롱이 있었다. 건물 층층 전체가 술집과 호텔인 풀살롱이다.

2m 남짓한 어둑하고 긴 복도에는 고급 양탄자가 깔리고, 간간이 음악 소리에 맞춰 노래를 불러대는 소리와 낄낄 깔깔대는 남녀 나방, 나비들의 소리가 아주 약하게 새어나올 뿐, 대체로 조용한 편이다.

프라이버시 보호를 위해 방음장치를 철저히 한 탓이다. 속된 말로 일명 '마드모아젤'이라 불리는 매니저와 스텝, 삐끼들만 해도 이 골목에 수십 명, 수백 명이 된다 한다.

지금은 20층의 새 건물로 탈바꿈해서 세계 유수의 자동차메이커 전시장이 들어섰지만, 그때만 해도 밤의 탐욕고양이들이 득실거리던 환락의 고양이 마을이었던 것이다.

돼지의 왕이라 했던가?

일대 모든 유흥주점의 정점에 서서 밤 문화를 선도해 나갔던 바벨탑 같은 곳이었는 데, 내가 그곳서만 연 1억에 가까운 매출을 올려줘, 나중에 국세청의 술값 소명통보딱지를 받아들게 되었다.

변호사들, 세무사들 상담으로 어찌 잘 해결은 됐지만, 사업체를 운영하다 보면, 한 해에만도 서울과 지방의 꽤나 잘 나간다는 수십 군데의 유명 술집과 음식점에서 접대하게 되는 경우가 많게 마련이다.

그러니 그를 모두 묶어보면 도대체 연간 얼마나 많은 수주, 영업비용을 술독에 쏟아부었겠는가?

개인적으로 돈은 못 벌어 실속이 없다 해도 누구나 허세는 있는 법이다. 그야말로 정신 나간 짓이다.

수주를 위한, 회사가 살아남기 위한, 어쩔 수 없는 일이라 변명하지만, 덩달아 함께 흥청망청하던 나의 황제 시절이다. 왜 또 아버지가 생각나는 걸까? 모를 일이다.

잠시잠시라도 그 문화 속에 빠져들지 못하면 은근히 소외당하는 느낌마저 들던 때였다.

지금 돌이켜 보면, 또 하나의 그늘지고 비뚤어진, 시대조류상의 술문화이기도 했던 듯 싶다.

우리 회사 앞까지 황제와 관 고양이들을 직접 모시려고, 차 문이 하늘로 향해 열리는 '롤스***카'를 손수 몰고오곤 했던, 탤런트처럼 예쁘고 유난히도 눈망울이 컸던, 미혼의 '차' 모 매니저가 생각난다.

생일 때면 잊지 않고 캔디로 만든 꽃바구니를 사무실까지 배달 보내곤 했는데, 가끔은 나를 자기 자취집까지 데려가서 밤참인 소면대접까지 받곤 했다.

물론 다 돈의 힘이었겠지만, 나를 오빠라 호칭하며 유독 관심을 써서 잘 해주었던, 에너지가 철철 넘치던 그 '아해'가 가끔씩은 생각난다.

함께 속닥거리며 대화할 때면, 가끔씩 한쪽 눈을 꿈찔거리는 독특한 버릇이 있는 아해였는데, 그마저 매력이었다.

지금쯤 결혼해서 잘 살고 있는지 그저 궁금할 따름이다.

지금도 내 송파사무실은, 그 고급요정이 있던 곳의 바로 옆에 20층 빌딩, 'java시티'라는 광고판이 옥상에 붙은 6층이라, 지금도 그 살롱 한편에서 술 마시던 착각에 잠기기도 한다.

건물 정면으로는 '88올림픽을 기념해, 건축가 '고 김수근'이 설계한 '평화의 문' 태극띠 문양이 선명하게 시야 속으로 우뚝 다가와 보이고, 그 앞 광장엔 언제나 다양한 형태의 인간군상들의 움직임이, 비교적 세세하고 생생한 모습으로 마주하고 있어 많은 상상력을 활짝 펴게 만든다.

애당초부터 높은 고층을 고르지 않고 중저층을 고른 이유다.

나이가 들면 정적인 풍경화보다는 동적 크로키가 더 마음에 와 닿고 정신건강에 좋다고 한다.

또한 리처드 바크의 『갈매기의 꿈』처럼 '높게 나는 새가 더 멀리 본다 해도, 하나도 안 부럽듯이, 낮게 나는 새가 더 자세히 보이고 친근한 법이다!'

한편 사무실 뒤편은 방이동의 먹자골목이 곧바로 이어지는 길

목에 연해 있지만, 요즘엔 아주 뜸하게 찐 지인들이 방문하거나, 필요한 물건들을 구입하는 경우 등 특별한 때가 아니면 좀처럼 그 문화에 섞여들지않고 있다.

고의가 아니다.

세월이 가면 저절로 그렇게 되나 보다.

문화는 다소 바뀌었겠지만, 오늘 밤도 여전히 예전의 내 모습을 꼭 닮은 또 다른 밤의 황제가, 오랫동안 피에 굶주려 온 흡혈귀 박쥐처럼, '찍찍 삑삐빅~' 전파를 쏴대며 먹자골목의 지하세계 한구석으로 파고들 것이다.

그도 역시 지금의 그 환락을 영원히는 누리지는 못할 것이다. 돈과 권력은 유한한 것이다.

누가 고양이를 나비라 불렀는가?

아마도 고양이가 훨훨 날아 달아나는 나비를 잡으려고 폴짝폴짝 뛰어오르기도 하고, 그 뒤꽁무니를 따라 졸졸 쫓아다녀서 그랬다는 속설이 있다.

불나비로 가장한 가로등의 불빛을 향해 겁없이 마구 뛰어들었다가, 쇠뭉치처럼 단단한 철주에 머리를 들이받고 추락하는 나방, 벌젊게 달아오른 전구에 더듬이와 날개가 타서 상처입은 나방들…!

다정히 팔장을 낀 나방, 나비 쌍쌍들이 복도끝 쌀롱 비밀통로 끝으로 사라지는가 하면, 필름이 끊긴 나방들과 휘청거리는 좀비들이 거북이 등짝에 업혀 실린다.
큰 시비가 붙어 싸우던 나방무리들 또한, 피 묻은 손에 수갑이 채워진 채 인근 파출소로 향한다.

횅하니 비어 가는 먹자골목의 새벽 길엔 덩그라니 홀로 남겨진 몇몇 좀비나방이 빈 세상 허공을 향해 던지는, 알 수 없는 고함만이 원성처럼 메아리친다.

'야~ 이, 개새끼들아! 잘 먹고 잘 살아라!'
'세상이 왜 이래!'
'나는 왜 하는 일마다 이 꼬라지 이 모양인가 말이야~!'

처음엔 의식을 갖고 시작해서, 종국엔 무의식으로 끝나는 경우가 바로 고양이 마을인 것이다.

밤의 황제시대는 이미 저물고 없다.
그냥 추억 한 편에 꾸깃꾸깃하게 접혀,

간혹가다라도 펼쳐 볼 수 있는

호기스러운 젊은 날의 '랩소디' 아니겠나…?

난수표를 해독해 내는 것과도 같은

영혼없는 아메바세포들간의 융합,분열에 관한

퍼즐이 떠돌아 다닌다.

고양이 마을에서만 있을 수 있는 수수께끼이다.

4!=24?...3?

13.
친구인가? 도둑고양이인가?
사악한 고양이꿈에 놀아나다

난수표를 해독하는 것과도 같은, 영혼없는 아메바세포 간의 융합·분열에 관한 퍼즐이 떠돌아다니고 있다. 고양이 마을에서만 있을 수 있는 수수께끼다.

각자 나름대로 상상의 나래를 펴, 적절한 추리와 해석을 찾아내 '경우의 수'를 찾아내 보라!

'화학적 결합체였던 'nc'세포에 별종인 's'세포가 물리적으로 융합하여 'nc, s'가 되고, 여기에 적당한 알콜이 가해져 가열됨에 따라 세포들은 'ncs'란 또하나의 물리적 동지로 뭉쳐진다.

비등점에 도달해 끓어오르면 세포들은 다시 분열해, 뜻하지 않은 'ns, c'로 이종 간의 화학분열을 하며 한 차례 광란의 핵폭발이 일어난다.

시간이 경과함에 따라 제일 반감기가 짧은 약한고리의 음(-)이온인 'n'이 궤멸되고, 상대적으로 반감기가 긴 양(+)전자인 's, c'만이 상호 분리된 채 살아남는다.

아직까지도 's'와 'c'는 물리적으로 융합했다가 분열되기를 반복하며 'c, s'와 's, c'로 생존을 지속하고 있지만, 더 이상의 화학적 결합은 찾아볼 수 없다.'

과연 고양이 마을에서 살아남은 이들 아메바의 운명은…?

아래 소개하는 믿지 못할 한 실제의 이야기가, 내가 속해 있는 사회에서 벌어지고 있다.

유흥가 뒷골목의 한 모텔 골목!
침침할 만큼 어둡고 늦은 시간이다.

어깨동무한 스포츠머리의 혈기 넘쳐 보이는 젊은 남성 두 명과, 얼마 간의 거리를 두고 뒤이어 따라가는 독특할 만큼 선한 듯한 외모를 가진, 그치만 뭔가 사연이 있을 법한 슬픈 사슴눈망울을 한, 한 명의 젊은 여성이 골목 안으로 들어서고 있다.

그들 젊은 남성 둘은 외부에 알려지기로는 아주 절친인 듯한 관계라 하고, 또 실제로도 친한 걸로 나도 들어 알고 있다.

둘의 관계 속에 깊이 들어가 본 적이 많지 않기에 그들이 상호 스스로 긍정하는 말을 인정하는 수밖엔, 다른 별 도리가 없다.

그중 한 친구 C는 소갈머리가 없을 만큼 착하고 때론 맹하고, 하여간 친구들 사이에 사람좋기로 정평이 나있다.

근본부터 천성이 좋은 건지,
바보스럽도록 어리숙한 건지.

누가 뭐라 해도 전자를 믿고 싶은 내 절친이기도 하다.

또 한 친구 S는, 남자가 재수 없도록 예쁘장한 외모에 아주 교활하고 이기적이며, 나를 포함한 친구들 집단사이에서도 피하고 싶은 기피대상 1호다.

잘생겼다고는 하나 왠지 께름칙한 음흉함이 얼굴에 녹아든, 느끼한 잘생김이랄까? 친구들 사이에 격의 없는 잡담과 재밌는 이야기로 화기애애 웃음꽃을 피우다가도 그 자리에 그가 나타나면, 돌연 조용해 지고 금방 각자들 자기일로 돌아가는 그런 분위기를 겪어보았는가?

항상 눈빛이 흔들리고 시선을 피하는 듯해, 선뜻 다가가기 싫은 그런 유형의 인간이다.

동년배란 점 말고는 공통분모, 교집합이라고는 어느 한 점 찾아볼 수 없는 기찻길 같은 평행선 인연!

그럼에도 불구하고 그 둘은 광주보병학교 상무대 시절부터 후보생으로 처음 만나 절친 관계를 연연히 이어오고 있는 것이다.

어찌 보면 절친관계라기보다 친구 C는, 좋은 게 좋은 거라고 그냥 마음이 나약하고 맺고 끊지 못하는 우유부단한 성격에, 친근하고 치밀하게 접근해 오는 사악한 도둑고양이를 내치지 못하고 아무 생각없이 품에 안았던 격이다.

또 한 친구 S로서는 늘상 모두들 자기를 배척하는 분위기 속에도 무뇌인간처럼 자신을 받아들여 주는 손쉽고 만만한 친구를 사냥하던 중, 어쩌다가 걸려 든 C를 때론 이용하기도 하고, 때론 정말 나름대로의 우정을 보내기도 하면서, 지금까지도 꽤나 오래 밀월관계를 지속하고 있는 것처럼 보인다.

질퍽거리며 쌓아 올려진 바벨탑 같은 우정이랄까?

그래도 그 또한 절묘한 궁합 아니겠나?

방엔 빈 술병들이 흩어져 뒹굴고 이미 불이 꺼진 지 오래됐는데도 키득거리는 남자 놈들의 잡담이 끝없이 이어지고 있다.

시간이 새벽을 향해 달려가면서 어느덧 대화는 끊겨가고 새근새근한 호흡으로 술잠이 든다.

얼마간의 시간이 더 흘렀을까?

한 친구는 코를 골며 깊은 바닷속처럼 잠들어 있고 둘만 있다고 생각했던 방에 조심스럽고 톤 낮은 여자의 신음이 새어나온다. 방을 두 개 얻은 게 아니라 일행 셋이 혼숙을 한 모양이다.

군인 신분이라 형편이 어려워서인지, 아니면 모든 걸 뛰어넘는 진한 우정 탓인지, 어느 한쪽의 간교하고 음흉한 계략이었는지, 그것도 아니라면 사내들의 작당 공모였든지.

내가 아는 C란 친구는 적어도 공모 같은 건 했을 리가 만무하다. 그럴 친구가 아니다.

처음 잠자리에 들 땐 방 제일 안쪽 구석으로 N이란 여자 잠자리가 따로 마련돼 있었고, 그 중간에 C, 그리고 문쪽으로 밀려나 빈 방바닥에 홑이불 한 장으로 S가 자리하고 있다.

근데 지금은 이들 자리가 뒤죽박죽 뒤엉켜버린 것이다.

처음엔, 색마의 보이지 않는 손이 술에 곯아떨어진 C를 조심스레 타고 넘어 설잠을 든 N의 상반신을 향해 부드러운 손장난을 살포시 치기 시작하고 있다.

고양이 '레드'가 먹이를 향해 접근할 때의 모습보다도 더 조심스럽고 아슬아슬한, 잠든 장벽 C를 사이에 두고 벌이는, 잔뜩 경계하고 숨죽이는 간교스러운 무단침입이다.

깜깜한 어둠이라 해도 누구의 손인지 가히 짐작된다. 낯선 느낌의 손마디가 뭉툭뭉툭하고 거친, 뜨겁게 달아오른 손이다.

거부 의사가 없는 의외의 N 반응에, 급기야 S가 스스로의 끓어오르는 흥분을 참아내지 못하고, 곯아떨어진 종이호랑이 C의 철벽, 휴전선을 타고 넘은 것이다.

점점 방 안 공기는 무거워져만 가고, 처음엔 G선상의 아리아처럼 들릴 듯 말 듯 약하기만 했던 여린 신음은, 긴장감 가득한 인내를 끝내는 참아내지 못하고 있는 듯 몸을 꼬며 비틀고 있다.

깊고 푸른 바닷물 속 오랜 유영 끝에 꼭꼭 눌러 참아낸 숨을, 급기야는 한꺼번에 몰아 몰아 돌발적으로 내뿜고 마는 돌고래의 포효스러운 호흡처럼, 동시에 다발다발 터져 나오고 있다.

홑이불 속을 돌고 돌아 걸러내진 소프라노와 알토의 절묘한 조합이랄까.

첼로와 비올라가 만들어내는 현악 이중주의 격한 화음으로 광시곡을 만들고 있다. 그 화음에 맞춰 큰북이나 심벌즈 소리처럼, 백뮤직이 공간을 깨부수듯 시끄럽게 울리고 있다.

'이 순간에 지옥 불의 아가리에 빨려들어 불타죽을지라도 결코 포기하지 않을 거야!'
참을 수 없는 '법열'의 경지가 눈앞에 다가왔는데, 어찌 부처의 이치를 거슬릴 수 있겠는가?
입안으로 내뱉는 S의 독백이다.

순간 이성이 마비되고, 사악한 사탄이 토해내는 검붉은 감성의 핏덩이들만이, 마그마처럼 부글거리는 용광로에서 쇳물마냥 녹아, 뇌신경계내에서 연신 끓어오르고 있다.

연옥의 모습인가,
지옥의 모습인가.

세상은 점점 요지경 속으로 빨려들고 있다.

과연 술에 곯아떨어진 C는 전혀 모르고만 있었을까? 알고도 모른 채 헛된 코골이를 계속할 수밖에 없었던 걸까?

심판의 시간이 다가오고 있다.
처절한 배신의 역겨움이 C의 잠든 영혼을 깨우고 있다.

우정을 지켜야 할지,
여인을 지켜내야 할지.

비겁한 걸까,
비굴한 걸까.

피가 역류하는 고통과 배신감을 몸서리치도록 겪으면서도 말이다. 또한 C와 연인관계(화학적결합체)였던 N은 또 무엇이었나?

내가 보고 겪었던 단편적 그녀의 첫인상은 무언가 사연이 있는 듯 보였지만 전혀 막된 그런 뜨내기의 집시여자가 아니었다.

선함? 고고함? 그 둘 자체라 믿고 있었는데 왜 그랬는지 아직도 내겐 불가사의로 남아있다.

설악 고양이 마을에 사는 네로의 연인! 늘 성적 갈망에 굶주려 온 포페아였던가? 헷갈리고 있다.

나를 포함한 그 누구도 윤리적·도덕적으로 완전무결하고 떳떳하다고 말할 수 없는 것이겠지만 말이다.

귀하고 소중한 딸을 가진 아버지들이여!

조심해야 하고 경계심을 한시도 늦춰서는 안 된다.

모든 수고양이들이 하나의 예외 없이 전부, 때와 장소를 가리지 않고, 젊고 싱싱한 암고양이들의 뒷태를 간단없이 노리고 있는 것이다.

아무튼 남자와 여자 그리고 고양이의 심리는 영원한 연구대상이고, 영원토록 풀어내지 못할 난해한 인수분해인 듯도 싶다.

언젠가 C가 내게 이 스토리를 전부 고백한 적이 있다. C를 믿기에 가공은 없으리라…

길게 사귄 건 아니라고 해도, 분명 N과 C 둘은 죽고 못 살 연인임이 틀림없었다. 나도 알고, 물론 S도 알고 있었다.

오랜만에 전방서 휴가 나와 만난 두 군대고양이가 주점이 모두

문을 닫을 시간이 되자, "셋이 밤새가며 한 잔 더하자."라고 S가 제안했고, 속없는 C는 그저 아무 생각없이 "Okey~!" 맞장구를 쳐대며 의기투합했다 한다.

N도 마지못해 말없이 고개를 끄덕이며 긍정의 의사를 전해 왔단다.

오히려 비밀스럽게 따로 만나 밀회를 나눴다면 그 또한 어쩔 수 없는 일 아니었겠냐 만은…

그 일 이후에도 C와 N은 몇 차례 더 불안한 만남을 지속했지만, 모래성 같은 관계가 그리 오래 지속될 수는 없었던 모양이다.

그녀는 아무런 작별 인사도 없이 돌연 C의 곁을 영영 떠났다고 한다.

그 당시에 C를 통해 얼핏 들은 말로는, 수녀가 되겠다고 했지만 이제까지도 아무도 그녀의 소식을 모르고 있다.

모두 다 미완의 사람들이 저지른 일이라 순간의 일탈로 치부될 수 있겠지만, 이렇게까지 정상궤도에서 빗나가 열차탈선의 사고로까지 이어질 줄은 꿈에도 생각 못했다고 했다. 끝까지 내면에만 감춘 사연을 가슴에 꼭꼭 묻어두고 사라진 것이다.

요즘도 그 C란 친구와 만나 술 한잔할 기회가 생기면 N 얘기를 화제에 올린다.

"정말 잠깐이지만 사랑했다고,
지금도 너무 보고 싶다고…!"

술집 허공에 날려버리는 투정 섞인 하소연이다.

또다른 친구 S에 대해 물으면 요즘도 가끔씩 연락이 오고 또 간혹 술잔도 함께 기울인다고 했지만, S'의 과거 행각에 대해서는 굳게 입을 다물고 있다.

레드 녀석이 나를 이해 못하듯,
나는 아직도 C를 도무지 이해할 수가 없다.

사악한 고양이에 홀려 마구잡이로 써내려 간 3류소설급이라 하겠지만 어디까지나 우리들의 20대 초중반에 겪은 팩트다.

음흉한 고양이 마을, 어두컴컴한 작업실 데크 아래에서는 암수 두 쌍의 연인고양이 넷이 짝을 바꿔가며 광란의 스와핑교미를 하고 있다.
어떤 망설임이나 주저함이 없다.

이들 세계에서는 아주 흔한 일상의 일이다.

머릿속 상상이 하늘을 향해 나래를 편다.

인간 C와 S, 그리고 N이 이번에는 나 J까지 데리고서, 야음을 틈타 고양이 마을에 섞여들고 있다.

넷은 고양이 마을에서 길을 잃는다.

영혼마저 갈 길을 잃고 헤메고 있다.

이미 상실된 세포들이 이종 간의 분열과 융합과정을 거듭하며, 궤멸의 길로 들어서고 있다.

수수께끼의 정답을 풀어내기가 힘들다.

애당초엔 3!, 3×2×1=6의 조합이었지만, 거기에 상수 n을 생각하면 2!, 2×1=2의 조합이었다.

이젠 4!, 4×3×2×1=24조합(모두 중성일 경우)으로 확대되었고, 고정변수 N을 매개로 하는 조합은 3!, 3×2×1=6가지 경우의 수래야 맞을 것이나, 종국엔 3가지 경우의 수가 되고 만다…!

복잡한 수 계열이 아니라, 하나의 상수에 3개의 변수가 작용하는 단순 짝짓기였던 것이다.

(x)ncjs, ncsj, njcs, njsc, nscj, nsjc

(o)nc, ns, nj

도시빌딩 사이사이에도
탐욕으로 가득한 고양이 인간이 산다.

14.
도시 속에 드리운 탐욕의 늪
고양이 집단서식처에서 허우적거리다

40여 년을 도시계획 분야에 종사하면서 무력하리만큼 상실을 느끼고 체험했던 부(-)의 소회를 극히 일부 단편이나마 고양이 마을 속에 밝혀보고자 한다.

전국에 출장 한 번 안 가본 도시가 드물 만큼 열심히 쫓아다닌 것 같다.

국토부, 교통부, 환경부, 관광공사.
서울시, 부산시, 광주시, 대전시, 대구시.
그리고 전국의 도청, 시청, 군청, 구청 등.

도시를 기획하고 설계하는 일은 철저한 현장답사가 기본이기 때문이다. 또 거기엔 성안 과정 단계별로 발주처인 갑과의 협의 및 전문가 자문, 심의위원회개최, 그리고 공청회 등 주민의견 수렴과정이 필수적이다.

자가용이 보편화되지 않았던 초창기엔 시외버스나 기차를 타고 짧게는 1박 2일에서 길게는 열흘이 넘게 출장을 다녔다.

낯선 곳이 새삼 나를, 호기심 가득 새롭게 함에 그를 즐겼던 것 같다.

장기현장 조사출장엔 짐도 많고 인원도 제법 돼 기사가 딸린 회사보유 차량 코란도나 카니발을 주로 이용해서 좀 더 편하고 신났던 걸로 기억된다. 여행은 언제든 힐링이고 즐거움이다.

1988년인가? 올림픽이 있던 해다.

우리회사 삼○ ○○○와 건축회사인 아키○○이 서초동의 한 오피스텔을 공동으로 빌려 부산 해운대 인근의 300여만 평 좌동 신시가지 설계 공모전에 합동 현상설계팀을 별도로 꾸린 적이 있다.

내 전생에 일복이 터졌던지 목동신시가지설계공모, 일산·분당1기신도시공모, 안양평촌신시가지설계공모, 부천중동신시가지현상설계,부산명지신도시설계공모 등 굵직한 꼼뻬나 현상설계, 프로포잘(pp) 등 회사명운이 걸린 수주프로젝트엔 열외없이 단골로 차출

되었다.

여타 도시전문가나 전공교수들과 토론하고, 숱한 날을 꼬박 잠 못 자면서, 안을 만들었다가 찢어버리고 또 다시 만들고 지웠다가는 스트레스가 쌓이면 술로 풀어 씻어내고…

그런 날들이 켜켜이 쌓여가면서 몸은 곪을 대로 곪아 터져 지금의 골골이 내가 되지 않았나? 다행히도 최선을 다해 노력한 대가였던지, 결과는 1등 당선작으로 선정되어 몇 년에 걸쳐 이어진 몇십억 규모, 아니 100억이 훌쩍 넘는 매머드급 후속 수주를 따냈다.

당시 많은 날을 부산 해운대에 거점을 두고 살다시피 하면서 해운대백사장은 물론이고 달맞이고개, 청사포, 멀리는 송정, 광안리, 서면,남포동거리 그리고 신혼여행 때 찾았던 조선비치호텔과 오륙도, 태종대와 용두산공원까지 알알이 추억 깃든 곳들이 나를 진한 향수에 빠져들게 한다.

그 바쁜 와중에도 간간이 시간을 쪼개 1종 보통 운전면허를 취득했기에, 그때가 다시 상기되는 것이다. 떡 본 김에 제사 지낸다고, 곧바로 회사 상하수도부 허모 임원이 몰던 빛바랜 쑥색 현대 프레스토 중고차를 40만 원인가 거금을 주고 인수해 처음으로 오너드라이버가 됐다.

내 생애 첫 차!

당시엔 현대 그랜저가 국산차의 최고급 대세였지만, 난 그와는 달리 신입 시절부터 쌍용의 체어맨을 꿈꾸며 살았다. 후에 그 꿈을 이뤘지만 그때는 꿈 그 자체였던 시절이었다.

'꽤나 오래된 차인데 그냥 줄 것이지…'
에어컨도 미장착되고 여기저기 스크래치도 많았던 차인데도 왜 그리도 흥분되고 좋았던지!
하루에도 지하주차장에 세워둔 차를 보러 대여섯 번은 오르내린 것 같다. 그 이후로는 자가용 출장이 잦아졌고 중장기출장보다는 당일치기출장이 점차 늘어났던 것 같다.

한번은 입찰 관계로 강원도 정선에 나 홀로 다녀왔던 기억이 새록새록하다. 거리가 제법되는지라 1박 2일 자가용출장이었는데 내 차를 이용했다. 가는 길 오는 길로 전개되는 풍경들이 너무 좋아 콧노래가 절로 나왔고, 사무실에 콕 박혀있던 기간이 길었었는지 간만에 힐링에 겨운, 오붓했던 여행으로 기억한다. 내가 강원도 원주 출신이기는 하나 첩첩 두메산골의 탄광도시였던 정선은 높은 거봉준령의 산악지세부터 그 포스가 달랐다.

유리알처럼 맑고 투명한 하늘!
마셔도 마셔도 향긋하고 깨끗한 공기!

수도권에서 늘상 맛보던 밋밋하고 탁한 분위기가 전혀 아니다. 산 중턱으로 높다랗게 걸린 2차선 좁은 아스팔트 포도를 달리면서, 눈아래로 아득히 펼쳐지는 깊은 계곡을 바라보는 맛!

골짜기 바닥의 낮은 곳을 훑어 도는 계곡길에서 벼랑처럼 우뚝우뚝 선 화전민들의 터전인 급경사 산비탈의 고랭지 채소밭들을 쳐다보는 느낌은! 내겐 정말 신천지와도 같은 색다른 경험이었다.

또한 지방출장을 가면 으레 전통시장을 들러보는 게 낙이자 루틴이었던지라, 예외 없이 정선5일장터인 아리랑시장에 들러 곤드레밥과 메밀전 한접시를 시켜 동동주를 들이키는 그 '탁' 하고 '텁' 한 맛!

혼자라 아쉽지만 정녕 사람 사는 '두메나산골'의 바로 그 맛이다.

도시계획가로서 내가 느낀 추억 저편에 저장된 하나의 단편이다.

이러하듯 일이 너무 보람되고, 이 직종이야 말로 참 멋드러지고 좋은 직업이라 자부감을 가진 적이 상당했던 것은 부인할 수 없다. 그러니까 수십 년을 미래에 대한 희망 속에 한 우물만 파며 견딜 수 있었음이다.

그건 일단 낭만고양이라 치고 밀어두련다.

내가 청춘으로 머물던 8090년대 시절. 주로 세기말에 활동해서 그런지 도시계획에 대한 전반적 인식이 절실하지 못하고 구태의연한 사고가 관을 지배하고 있었다.

그래서 자칫 잘못 들어가면 골 깊은 고양이 마을에 함몰되는 경우가 종종 생겼다. 그중에는 음흉하고 흉칙한 고양이들이 득실거리는 관청도 꽤나 많이 있었다.

어느 사회나 마찬가지겠지만 그들에겐 엄격한 위계가 확립되어 그 위계를 한 계단씩 오르기 위해 모든 열정과 노력을 바쳤다. 그중에는 잔꾀 부리지 않고 근면 성실하게 온갖 정열을 다해 뛰는 정상적 고양이도 가끔씩 눈에 띄지만 그들은 결국 약하고 썩은 동아줄에 매달려 끝내 도약에 실패해 추락하는 경우가 대빈이었다.

대부분은 반칙과 아부, 학연, 지연, 혈연 등에 기대고, 심지어는 뇌물을 동원해 그 사다리를 건너 뛰어넘는 뻔뻔하고 비열한 고양이들이 더 많은 시절이었다.

도시계획의 범주는 단기로는 5~10년, 중장기로는 20~30년단위 목표년도를 설정해 주기적으로 이루어지는 국토계획. 도시기본계획,도시재정비계획,지적고시등 법정계획을 기본으로, 국토 및 도시기본구상이나 전략수립 등 기획적 분야를 비법정 상위계획으로 포함하고 있다. 신도시개발계획,택지개발계획,단지계획,주거환경계획등 개발계획영역으로 범주가 확대되고, 지구단위계획과 도시설계 등 디테일 단지설계 등을 망라한다. 토지구획정리사업이나 주택재건축·재개발사업 등 제반 개발사업까지 일컫는, 국토 및 도시와 농촌의 광대역 범역을 대상으로하는 일련의 계획을 일컫는다.

늘상 일독에 빠져 미리미리 준비를 못 했던 나는 90년대 초반, 30대 중반이 넘어서야 국토계획 분야의 '도시계획기술사'를 취득하였다.

합격자를 발표하기 수 일 전에 한국산업인력공단에 근무하는 대학 후배가 전화로 미리 그 기쁜 소식을 전했다. 학부, 대학원에서 환경계획과 조경학을 전공했던 나로서는 여간 어려웠던 게 아니었기에, 순간 그 감격과 기쁨을 말로 표현해내기가 힘들었던지? 그냥 울컥 눈시울만 붉히며 터져나오는 환호성을 속으로만 얼버무렸던 것 같다.

내칭구랑 엄니는 합격의 의미도 잘 모르면서도 덩달아 기뻐해줬다. 10살도 안 된 어린 아들 녀석도 무턱대고 헤헤거리며 좋아라 한다.

염화시중의 미소였던가?
피를 함께 나눈 식구니까 가능했던 동질 감정의 공유 아니겠는가?
'조경1급기사'나, '도시계획1급기사' 자격증은 학부 시절과 직장 초년병시절에 취득했으나, 그 가치와 무게가 감히 기술사에 견줄 수는 없었던 것이다.

도시계획 분야에서 기술사라함은, 프로젝트의 수행에 있어 총괄적 권한과 최종적 책임을 동시에 가짐으로써 명예와 자긍심을 몸소 피부로 느끼고, 그 분야에서 경력과 실력을 인정 받아 최고의 대우를 받는 탑 수준의 클래스란 걸 그 누구도 부인하지않는다.

특히 그 당시에 기술고시에 최종 합격하는 일은 우리 분야에서는 행정고시에 비견할 만큼 바늘구멍 통과하듯 경쟁률도 높고 어려웠다. 그래서 연관 관청들의 정중한 대우는 물론 직종 내 뭇사람에게 부러움과 질시를 한 몸에 받기도 했다.

갑자기 보수가 2~3배 뛰어오르고, 그래도 업계 수준과 맞지 않으면 그 갭을 메우기 위해 별도 추가수당 형태로 통장에 세금도 없이 직접 쏴주었던 것이다. 그야말로 돈이 돈처럼 보이고 실감 나던 순간으로 기억한다.

성공을 보장받기 위한 필수절차이자 인생의 전환점이라고도 여겨지던 시점이다.

기초학부와 유수의 대학원 과정을 거쳐 힘들게 쌓아온 학문과 지식, 열정으로, 이 나라 국민,시민을 위해 정말 멋진 기안자로서

플래너로서 활약하기를 꿈꿨고, 영혼 없는 공명심이나 정략에 휘둘리지 않으려 애써왔다.

　무엇보다도 먼저 사회적약자를 배려하고, 대다수의 대중이 원하는 순수성 플랜에 우선을 두고자 하는 의지 또한 충만하지 않았던가…
　또한 도시 현실의 문제점을 직시하고 그 해결 대안이 무엇인지, 세계화와 미래세대에 걸맞은 참신한 도시상에 관해 고뇌하고 또 함께 토론하며, 합리적인 안을 만들어 보자 무던히 노력해 왔다.

　그러나 직면하는 현실은 정반대의 모순으로 가득차 있었고, 임시방편적, 단시안의 해답을 강요하고 권력과 정권, 비리와 부정청탁자들의 요구에 짜맞춤형 도시를 강요하는 경우가 상당했었다.
　다짜고짜 달동네, 사창가, 골목길, 전통시장은 물론이고, 그나마 질식할 것 같은 도시에 한 줄기 숨통으로 남아 있는 농경지와 임야까지 오랜 기간에 걸쳐 오밀조밀 조화롭게 형성된 저층주택지들을 싹 다 밀어 버리고, 격자형 신작로를 내어 고층 아파트를 짓는 안을 내보라든지, 입지적으로나 기능적으로나 역학적으로나 아무리 봐도 중심요지가 아닌데, 그 입지를 빨간색으로 덧칠해 상업지역으로 만들었음 좋겠다든지.
　원주민과 사회구성원들의 성격을 깡그리 무시하고 최고급 한국판 비버리힐즈로 탈바꿈시키라고 하거나 하물며 선거를 위한 사상

누각의 과장된 페이퍼플랜을 강요받는 경우도 한두 번이 아니었다.

대부분의 성안 과정은 보텀업방식보다는 톱다운방식의 전근대적 의사결정 체제에 함몰된 양태로 전개되었다. 버티고 또 항거하며 그들에 대항해 봤지만 도시계획가로서의 입지는 점점 좁아져가고, 어쩔 수 없이 권력욕과 탐욕으로 가득찬 힘센 고양이들 요구에 따를 수 밖에 없게 되고, 스스로 단순 인허가권자로서의 전락을 자초한 면도 숱하게 벌어져왔다.

비합리적 사회구조의 메커니즘 속에 지배자들의 하수인이 돼버린 것이다.

차차 향수 가득했던 초록마을들이 회색도시화되어가고 있다. 도시 곳곳에 낭만과 추억이 사라지고 부패의 썩은냄새가 진동한다. 도시 골목은 청소년들의 우범지대화되어 가고있다.

도시가 뿌리째 무너져 내린다. 지역 문화와 동네 역사가 송두리째 쓰레기더미에 묻혀가고 있다. 도시가 숨을 몰아쉬며 헐떡거린다. 오히려 잘못된 방향으로의 플랜이 더 큰 도시문제를 양태하게 된 것이다.

오랜 세월 부패와 타협하며 불합리한 의사 결정에 순응하지 않을 수 없었던 게 사실이다.

따르지 말았어야 했을 길이다.

쳇바퀴 같은 그 세상에서
날개 꺾인 팔랑개비마냥 허우적거린다.

듣지 말았어야… 끝까지 버텨냈어야…

노골적으로 봉투를 원하는 하위고양이가 있다. 한두 단계 상위
계급으로 올라가 봐도, 또 더 위로 위로 올라도, 부딪치는 건 절망
이다. 더 큰 봉투와 대가를 요구한다. 썩은 곳은 뿌리부터 열매까
지, 발끝부터 정수리까지 철저히 부패돼 있다.

한 번이라도 달콤한 마시멜로의 맛을 보게 되면 차츰차츰 중독
성에 빠져, 상습 아편쟁이 같은 환각 상태에서 깨어나질 못하는 것
이다.

그들 머릿속엔 황금의 유혹과 탐욕의 쾌락만이, 젤처럼 척수액
속에 끈적끈적 녹아 흘러넘치고 있다. 왜 그들이 그 맛을 챙기는
지는 모르겠지만 수주에 대한 반대급부인 셈이다.

누구는 온갖 정성과 노력을 다해 어렵게 어렵게 수주를 따냈지
만, 또 다른 누구는 그냥 앉아서 그 열매를 훔치는 일이다.

두꺼운 강판을 오려 만든 철가면을 뒤집어 쓰고있다.

철학도 없고 사명감도 없고, 사심만 가득하다.

고양이 마을의 위계 질서상 우두머리 고양이에게는 간사할 정도로 아첨하면서, 아래 고양이에게는 흉측스러운 송곳니를 드러내 보이며 곧 잡아 삼킬 듯이 다그치고 욕질해대며 종놈처럼 부려댄다.

어미 고양이 행동하는 걸 지켜보고 새끼들이 따라하듯이, 신참들이 무의식중에 고참 고양이들을 보고 배운다. 어느 순간 그 화풀이가 '을'에게 전가된다.

온통 도시의 마을들은 탐욕으로 얼룩진 고양이 천국이 된다.

*
**

꽤 오래 익히 알고 지내던 한 고양이에 관한 지나간 이야기다. 평양시(가칭) 산하구역과 지구청 등에서 평생을 바쳐 관록을 먹고 자란, 탐욕 있어 보이고 목이 유난히 짧은 묵은고양이와 그 부부 'd&j'에 대한 이야기다.

이 글은 어느 한 사람을 특정해서 풀어간 스토리이기도 하지만, 꼭 그에 국한하지 않고, 내 오랜 경험상 이런 유의 관고양이가 수도 없이 득실거린다는 걸 동시에 내포한 글이기도 함을 밝혀둔다.

나의 소우주마저도 물론 탐욕에서 예외일 수 없지만, 예나 지금 이나 도시에는 탐욕의 고양이들이 도처에 도사리고 있는 것이다.

우리 회사는 어찌어찌 잘 보았던지 아낌 없는 격려와 지원을 많이 받은 것도 부인 못 하지만, 조폭 같은 모습으로 많은 고객을 울려온 장본인이었다. 기피대상 1호로서 내외부로부터 원성이 자자했다.

나로서도 상호 간의 탐욕을 나누기 위해 겉으로만 합을 맞추었 다고 보아야 옳을 것이다. 그러나 정작 속은 늘 불편했다.

그는 원래는 토목을 전공하고 그 당시엔 도시계획관련 부서장을 맡아 도시설계, 지구단위계획 등을 주업무로 하던 시절이었다.

당시엔 도시계획, 조경, 환경 등 분야에 전문인력을 아직 많이 배 출하지 못해 토목쟁이들이 해당 분야를 점령하여, 무식하고 되도 않게 멀쩡한 도시를 불도저, 포크레인으로 싹 쓸어 밀어 버리듯, 난 개발이 난무하던 시기가 꽤 오래 지속되었다.

은퇴가 얼마 남지 않은 중간보스급의 영민한 고양이였는데, 지금 으로부터 10여 년 전쯤으로 기억된다. 그가 뇌물을 크게 받다가 사 정당국에 적발되었다고 한다. 말년에 와서 고양이 연금도 명예퇴직 도 모두 날릴 판이 되고 급기야 구속 위기까지 몰린 것이다.

나중에 그 하위 고양이들 전언으로 알게 된 거지만, 야심 없고 비교적 속 무른 아래 고양이에게 그 책임을 돌리고 꼬리 자르기를 한 모양새다. 그 당시 그는 훈장증도 받고 최고의 공무원상인 양 의기양양하고 자화자찬했지만, 주변 대중의 평가는 아주 비열하고 사악한 검은고양일 뿐이었다. 능력과는 상관없이 순번을 정해놓고 돌려가면서 타는 게 상이다.

그 검은 고양이는 사법적 책임을 벗는 대신, 정년을 바로 앞두고 조기퇴직을 당했다 한다.

고양이들이 나이 들어 퇴직하게 되면, 연관 개인회사에 3~4년 더 그들 딴에는 일종의 전관예우나 되는 것마냥 거머리처럼 좀스럽게 기생하며 살아가는 게 상례였는데, 그에게는 그 선택마저 박탈된 것인지, 양심의 가책으로 그 길을 포기하게 됐던 것인지 그건 아직 모르겠다. 그렇다해도 지금은 아래 고양이를 팔아넘긴 그 대가로, 가까스로 보전했던 알량한 연금을 챙기며 잘 살아가고 있겠지 말이다.

또 다른 전언에 의하면, 그는 일상을 골프에 미쳐 산다는데, 은퇴하고도 제 버릇 못 고쳤는지 전에 맺은 고객을 스폰서 삼아 내기 골프와 도둑 술, 공짜 해외여행에 흥청망청하고, 차츰차츰 속까지 썩어가는 전 직장 고양이 마을의 대외비 정보를 훔쳐 빼내 상부상조하는 모양이다.

탐욕 고양이 앞에서
절대로 있는척을 말라!
머리카락 보일라!
꼭꼭 숨겨 감춰야 한다!

아직까지도 금품을 갈취당하고 때론 기꺼이나마 제공하는 아부 고양이들이 꽤나 있을 것이다.

누가 돈줄을 쥐고 있는 총무인지, 회계인지.
누구한테서 돈 냄새가 풀풀 나는지.

절대로 있는 척을 말라!
머리카락 보일라!
꼭꼭 숨겨 감춰야 한다!

탐욕 고양이를 빼닮은 그의 와이프마저 깊이 물들어 있다. 귀신같이 돈 냄새를 맡아내 그쪽에 거머리처럼 붙어다니는 빨대 고양이!
한 쌍의 부부 고양이인 것이다.
마치 코찔찔이 쌍둥이 사내아이 둘이서 막대사탕을 빨고 있는 계집아이를 쫓아다니며 한 입 두 입 빼앗아 단물을 쪽쪽 빨아대듯이…
관고양이 아내로서 몇십 년! 부부는 닮는다고 둘이 쏙 빼닮았던 것이다. 돈 앞에서 끝없이 비굴해지는 부부 한 쌍이다.
찰떡 궁합이 아닐 수 없다.
이들을 보면 자꾸 경기도 일대를 후비던 '범카부부' 생각이 든다.

그들이 1,360만 도민의 혈세를 빨아대는 보이지 않는 손! 바로 사악한 고양이 부부였던 것이다.

5급이 조력자 총무 역할이고, 오히려 7급이 지금의 나! 고발자인 그때의 대표인 것이다.

두 부부 모두, 몸과 혼에 못되고 나쁜 관고양이 구태가 짙게 배어 있다.

한 다리 건너 두 다리 건너, 이보다 더 강도가 센 그의 결정적 비리에 관해 들은 것도 몇몇 있지만, 내가 직간접으로 관여된 것도 아니고 해서 여기서는 이쯤에서 접어두련다.

글 속에선 익명으로 숨겼다 해도 이제 와서 누가 누구를 고소고발하기 위한 글은 아니기에…

또한 글의 오염을 최소화하기 위한 배려라 생각하고, 그냥 떠도는 소문 안에 가둬두련다.

아무리 큰 특혜를 나눠준다 해도, 이젠 다시 되돌리고 싶지 않은 끔찍했던 기억이다.

그렇다지만 내가 누구를 탓할 처지는 아니다.

그 당시 꽤 오랜 기간 그 고양이에 줄을 대고 치켜세워주며 나름 좋은 관계를 이어 나갔던 게 결국 나 아니었던가? 그가 연출하는 마스커레이드에 잘 어울리는 배우 역할을 충실히 해댄 건 아닌지.

어찌 보면 원칙을 가장한 반칙과 특혜에 살짝 기대어 덩달아 의기양양했었다.

세상은 다 그렇게 그렇게
돌아가고 유지되는 법이란다.
바보가 안 되기 위한
살아남기 위한 몸부림이란다.

흑묘백묘!

모양과 색깔이 다르면 어떠랴.
수단이 선이든 악이든,
고양이는 쥐만 잘 잡으면 된단다.
목적 달성을 위해서는
과정에서의 그 어떠한 일탈도 허용된다고들 위안한다.

이제 와서 돌이킨다 해도
이걸 어찌 설명해야 할지,
어떻게 합리화해야 할지,

모든 것이 정당화되지 않는다.

영혼이 탐욕에 물들어 홀리지 않고서야…
탐욕의 고양이 마을에 깊이 빠져들었던 게 분명해 보인다.

대관 공적사무 수주를 많이 하던 회사로서는, 늘 '갑'과 '을' 간의
비대칭 끈에 구속되어 원치않은 요구와 본의아닌 강요를 당한 경우
도 꽤나 많았던 것 같다.

반골 기질을 가진 나로서도 불합리한 경우에 쉽게 타협하지 못
했지만, 그래도 그 굴레를 영원히 벗어날 수는 없었을 것이다.

정의 없는 비굴은 죽어도 싫다.
싫은 건 싫은 것이다.

✱✱

꽤 오래전 일이지만, 해주시도시기본계획(가칭) 프로젝트를 맡아
일을 한 적이 생각난다. 담당주사는 'J' 성을 가진 고양이였다. 왠지
처음 상견례부터 인상이 좋지 않았다.

네로 인상보다 더 느끼하고 사심 가득 찬 눈동자는 흔들리고 있었으며, 말하는 게 논리없이 궤변이고 독단적이다. 을을 깔보는 듯한 오만하기 짝이 없는 '갑'의 태도다.

실은 해주 시민이 '갑'인데 자기가 '갑'인 줄 착각하는 모양새다. 맡겨진 권력을 부당하게 사유함이다.

그 당시 몇 억 원대 프로젝트의 수행자인 '을'로서는 그래도 정중할 수밖에 없었다. 그래야 일이 순조롭고 기성도 잘 챙겨주기 때문이다.

숱한 날을 철야근무하면 심혈을 기울여 제아무리 멋진 계획안을 내밀어봐도 쳐나보시도 않고 나싸고싸 생트집을 잡는다.

불만으로 포화된 얼굴이 마냥 꾸겨져 보인다 .

내용은 들춰보지도 않았건만, 뭔지 모르게 다 잘못됐으니 처음부터 다시 해 오라며 내팽개친다.

시간은 한 치의 여유를 주지 않는다. 또 몇 날 며칠 직원들에게 날밤을 까도록 시켜야 될까 보다.

그것보다 더 아프게 다가오는 것은, 아직 채 때 묻지 않은 내 직원들에게 어찌 그 불합리한 안을 합리화하도록 지시할 것인지다.

가슴 깊은 곳에서 큰 한숨이 올라와 입 밖으로 천천히 배설된다.

그들이 '을'을 쥐어짜는 방법엔 여러 가지가 있다.

부족한 절대의 '시간'으로 족치고, 비합리적 논리를 내세운 '내용'으로 족치고, 또 하나 제일 가혹한 무기로는 그냥 돈만 탐하며 '막무가내'로 족치는 거다.

수주를 한 직후 연락했는데, 과장, 국장, 그들의 해주지부 사장(시장) 고양이에게 미리 인사하란다. 무슨 의미인지 모르고 내려가 회사 대표로서 정중히 식사를 대접하며, 소소한 사적 대화를 포함해서 시의 당면문제와 발전방향, 미래상 등에 관해 대화를 나눈 적이 있다. 식사 메뉴는 해안도시인 해주시의 대표 음식인 대하 소금구이와 새조개 샤브샤브였다.

비싸지만 싱싱하고 바다 내음 상큼한 게 맛이 있다. 아주 귀한 지역의 토속음식이라 여겨졌다. 근데 그게 정답이 아니었던 모양이다. 당황스럽고 헷갈린다.

정녕 무얼 바라는 건지, 내가 가장 하기 싫고 피하고 싶은, 선을 넘는 그 무언가를 요구하는 건가?

가장 순수하리라 믿었던 황해도의 지방 소도시에까지, 만연되고 음습한 비리의 그림자가 짙게 드리운 것인가?

인간들이 왜 이래!

아니지, 고양이들이지…

노골적으로 사악한 고양이집단인 것이다.
가장 곤혹스럽고 피곤했던 기억이다.

그런 그들의 행태는 1회성이 아니었다.

대개 한 프로젝트의 수행 기간은 짧게는 1년에서부터 평균 2~3년 걸리고 여타의 사유로 늘어지게 되면 7~8년 이상 지속되는 경우도 간혹 있다.

'갑'의 귀책일 경우엔 기간을 연장해 주지만, 당시의 기억상, 연장에 따른 인건비 증가 등을 보전하는 '에스컬레이트'는 일체 없다.

'을'의 귀책으로 과업 기간을 못 맞추면, 늘어진 기일에 비례한 지체상금을 물게 되고 회사는 패널티를 받아 일정 기간 입찰 등 출입이 제한되어 큰 피해를 보게 된다.

명절 밑을 비롯한 특별한 행사나 협의, 브리핑 시기가 되거나 기성금 신청 시엔, 예외 없이 그 나쁜 행태가 반복되었고, 그들 요구에 대한 만족을 취한 직후가 되면 간사할 만큼이나 부드럽고 사근사근해지는 것이다.

먹잇감을 취하기 전과 취하고 난 후의 양면성이 극에 달한다. 한동안 그곳을 최악의 고양이 마을로 규정하고 그 도시를 피해서

다녔을 정도다.

지금도 생각하면 역겨움에 토가 날 지경이다.

기술사?
대표?

한 가닥 자존심마저 비리 고양이 앞에 썩은 고목처럼 무너져내
린다.

6여 년 전 개봉했던 김성수 감독의 범죄액션영화 '아수라'를 보았
는가?
만악의 근원이 된 가공의 도시 '안남시'의 재개발사업이 고양이
마을 느와르의 단초가 된 영화다.
역시 도시계획사업이 모티브가 된 고양이 마을의 아수라판 이야
기다. 요즘 시대를 적나라하게 이해하기 위해 과거의 영화를 소급
해 보는 것이 유효할 듯 하다.

최근 들어 경기도 일대를 비롯한 수도권 지방도시 다수의 부패
한 지역 고양이 마을 곳곳에서, 민간개발이나 민관이 공동으로 벌
이는 합동개발방식이 부쩍 늘어나고, 그 과정에서 썩은 행태가 다

변화하여 그 악마적 본색을 더 심하게 드러내고 있다.

심지어는 조직적인 음모의 정점에 쉽게 밝힐 수 없는 '보이지 않는 손'이 작용한 경우도 심심찮게 발생하고 있어, 그 해악이 가늠할 수 없이 커지는 게 너무도 우려되는 것이다.

개발사업 과정 중, 도시계획 부문에서는 주로 지구단위계획 형태로 성안 과정에 관여하게 되는데, 이때 대형시공사나 공공에서 초코파이 같이 달콤한 먹잇감의 유혹을 놓고 벌이는 탐욕고양이들의 전쟁이 날로 치열해지고 있다.

힘 있는 두 거대 집단 사이에 이름도 좌표도 없는 무명의 시행사들이 거간꾼 노릇을 톡톡히 하고 있는 것이 작금의 현실이다.

'갑'과 긴밀히 연결돼 그 힘을 믿고 이용하는 자들이다. 그래도 종전에는 민간 시공사의 파이 수익성을 정상이자율 범위로 최대로 줄여 대부분 초과 이익을 시민과 공공의 몫에 정상 할당하려는 노력이 관례이자 정도였으나, 점차 이들 시공사 또는 시행사가 공공과 야합해서 그 파이를 뇌물, 지분배당 등 비정상적 형태로 낚아채, 오랜 시간차를 두고 차명까지 동원해 가며 뒤로 몰래 나눠 먹는, 파렴치한 윈윈전략을 쓰고있다.

감사와 수사망을 회피하기 위한 간접적 장기 전략인 것이다.

법 제도상 공공의 권리를 최대한 악의적으로 해석하고, 그때그때

임시방편으로 조례·규칙 등을 바꿔 민간에 특혜를 부여해주고, 다시 특혜에 따른 반대급부 수익을 자기들끼리 재분배하는 방식이다.

개발이 엄격히 통제된 녹지를 무분별하게 풀어 노랑색의 개발부지로 허용해 준다거나, 1~2종 일반주거지를 3종이나 준주거지역으로 격상하는가 하면, 임대주택(지)과 분양주택(지)의 비율을 터무니없이 조정하기도 하고, 심지어는 자연녹지를 준주거지역이나 상업지역으로 몇 단계씩이나 종상향하여 엄청난 개발특혜를 부여하고는, 그 수익을 공공의 가면뒤에 숨어 결탁한 몇몇 탐욕고양이와 대형시공사 또는 시행사가 차지함으로서, 엄청난 국민 세금을 도둑질하여 사유화하는 것이다.

그러니까 집값, 땅값이 천정부지로 솟을 수밖에….

결국 헐벗고 집 없는 영세 시민들의 무능력이 아니라 탐욕에 빠져든 세금도둑들의 장난질이 문제인 것이다.

40년 가까운 경험에 비춰 보건대, 내 경우의 종상향은 고작 1단계였고, 심지어 대부분 종상향 없이 성안되는 경우가 더 많았다.

2~3단계의 상향은, 오랜 기간 그 타당성과 당위성이 시민들과 전문가들에게 투명하게 공개되고 인정된, 극히 특수한 경우에 한해 부분적으로만 허용되었던 것이다.

안 걸리면 자손만대 평생을 누릴 수 있는 일확천금을 한꺼번에 사유화해 버리는 황금 노다지가 되는 것이니, 아무리 위험해도 탐욕의 극대화를 노리는 돈고양이들이 득실거리는 것이다.

시민들이 낸 피 같은 세금을 뭉텅이째 도둑질하는 자 누구인가?

도둑고양이 '김·이·문·박·최·정·강·조…'

아직도 그 모두가 해당할 만큼이나 악이 보편화되고 일반화된 현상이라 감히 짐작해 본다.

위의 성씨를 가진 비리용의자니 피의자들을 지금이라도 어릿씩 입에 올릴 수 있을 것 같다.

영세서민이 누구때문에 그들의 보금자리인 논밭을 강제 수용당하고, 당연히 그들 몫인 임대아파트에 절반도 입주 못 한 채, 반지하나 비닐하우스로 쫓겨나야 하는가?

일반 국민이 고율이자의 대출까지 받아가며 왜 터무니없이 높은 가격으로 아파트를 분양받아야 하는지?

20~30대의 젊은이들마저 꼭짓점에 와 있는 아파트를 영끌로 사들이지 않으면 안 되었던 건지?

공공이란 명패를 달고 음산한 마을 안에 꼭꼭 숨어 바짝 웅크리고 앉아있는 탐욕고양이들이, 가장 접근이 용이하고 쉬운 약한 고리, 관청의 활짝 열어젖힌 금고 속 눈먼 시민의 세금을 노려, 이 순간에도 고성능 먹잇감 탐지 안테나를 켜고, 호시탐탐 법망을 피한 비밀모의를 하고 있는 것이다

영혼 있는 국민이여! 보통의 도시 시민들이여!
잠에서 깨어나라!
긴긴 허우적거림의 여행에서
이제 벗어나야 한다.

한평생 도시계획을 천직으로 알고 살아오면서 부작위에 의한 고양이게임에 종종 빠져든 적이 있다. 일을 접하다 보면 하나의 선택지 아래 불가피한 측면이 있음도 안다. 이제 와서 생각해보면 내가 비리에 타협하고, 불합리한 인허가도면을 만들고, 비합리적 플랜에 끌려다닌 경험이, 이제의 이 모양 내 꼴로 영혼을 칙칙하게 오염시켜온 것을 어느 정도까지 인정하고 싶다.

스스로 의도하지 않고 억지로 끌려다녔기에 엄청난 스트레스에 분노마저 치밀어 오른다. 기억하고 싶지 않은 과거는 환각이고 허상이었으면 좋겠다. 꽉 막힌 반골의 고집불통을 끝내 굽히지 않고

고수하였다면, 더 빛나고 더 비전 있는, 올바른 세상이 활짝 열렸을까나?

세상은 훨씬 더 아름답고 경쟁력 있고, 멋진 도시들을 잉태하여 키워 갔을까?

글쎄… 어느 경우나 음양과 호불호가 있게 마련이지만, 과정이 투명하고 깨끗해야 결과도 좀 더 나았지 않았겠나…

끝까지 고집했다면 어쩜 나는, 이미 지구에서 도태당하고 우주 벌판 벼랑 끝의 먼지 자욱한 무산소 도시로 쫓겨나, 마지막 남은 숨을 몰아쉬며 헐떡거리고 있을지 모를 일이다.

지금은 회사에 적은 갖고 있으되, 자의 반 타의 반으로 도시계획일을 저만큼 거리를 두고 관조하고 있지만, 평생을 바쳐온 내 잡(job)에 긍지를 느끼며 사랑해왔다.

지금도 천직으로 여기면서 한창 사악한 고양이 마을에 빠져 열심히 수주전을 펼치고 일하고 있을 후배들에게, 내가 과연 무엇을 조언할 수 있으랴?

고양이 마을 점령군 무리에 아무런 대꾸와 저항 없이, 아니 더 적극 협조하고 비위 맞춰 스스로 깊이 동화되는 게, 더 현명하고 원원하는 거란 묵시적 동의가 많은 것도 안다.

금빛 지폐다발을 한가득 채운 007가방을 들고, 전국을 배회하는 경기도의 간 큰 고양이를 본 적이 있다. 그는 상하수도 기술사다.

PQ나 PP점수를 유리하게 조작하고 장난질 치는 서울도시쟁이도 있다. 지적기술의 고도화를 꾀함보다는 눈속임의 술수만을 배우고 있고, 그걸 능수능란하게 잘하는 비리고양이를 롤모델 삼아 우러르는 썩은 고양이도 있다.

또한 리베이트를 본 계약 속에 적당히 버무려 넣는 뻥튀기 계약과 아예 없는 계약을 있는 것처럼 만들어내는 허위 페이퍼계약이 비일비재하다.

친인척은 물론, 가공의 인물, 심지어는 은퇴자나 고인까지도 직원명부에 올려놓고, 매년 수억에서 수십억까지 급여를 착복해 비자금을 만든다.

아무리 민간회사라 해도, 법카를 매달 2,000~3,000만 원씩 펑펑 써대며, 고양이들의 비위를 맞추는 또다른 비위고양이가 있다.

법카는 치외법권의 영역인 것이다.

그들의 개인적인 치부를 위해 영업활동을 가장한 사적이익을 향유해도 건져낼 촘촘한 그물망이 없다. 영악한 고양이는 비좁은 쥐구멍마저도 너무 쉽게 드나들기 때문이다.

간고등어 상자에서는 썩은 내가 진동한다.

탐욕에 굶주린 하이에나들의 배를 채울 훌륭한 먹잇감인 것이다.

내가 보호해야 할 가족이 있다는 걸 구실로 삼는다. 거부하면 혼자 바보가 된다. 외톨이로 남는다. 결국은 살아남지 못할 거라 생각한다

그러나 온전한 철학과 가치는 지켜져야 한다.
우리가 무엇 때문에 배웠는가?
후세 자식 세대들에게 무엇을 일깨워주고 무엇을 물려 줄 것인가?

제아무리 악마의 장난질과 속삭임이 달콤해도 진리와 정의는 거짓과 부정에 양립하여 공존할 수 없다. 잠깐잠깐, 종종 고양이 마을에 심취되어 그 환각을 즐기고 끝없는 탐욕은 채울 수 있겠지만, 그 늪에 빠져든 깊이만큼이나, 빛바랜 영혼이 후회되어 남는다.

더 이상 탐욕스러운 도시의 숲에 숨어 허우적거림에 빠져있지 말라!

그건 곧 시대정신의 일탈과
영혼의 배반을 의미할 뿐이다.

어느새 'joys' home'의 데크에는 새아침이 찾아들고
새벽녘까지도 무대위에 올라 내게 혼돈을 주던
주연.조연배우들은 온데 간데 없다.

소나무 가지에 걸린 여름날 시골마을의 시간이
느릿느릿 나태한 주말을 향해 기어가고 있다.

15.
이젠 다시 일상으로

언제부터인가 의식, 무의식중에 이런 작금의 환각이나 상실, 공황 상태에 빠져들 자아모습을 '고양이 마을의 초상'이라 명명하게 되었다.

순수한 영혼이 지향하는 내 의지가 아니라, 사악한 고양이 의지에 종속되어 허우적거리는 세상! 잠시 영혼을 잃고 상실을 겪었을 때의 초라해진 내 모습!

바로 캣피플로 변이된 몰골의 그 모습이다.

거울에 비친 몰골이 더 흠뻑 패이고 칙칙해 보인다.

그건 상실된 내 모습이기도 하고,
비뚤어진 사회의 실상이기도 하다.

잔잔한 평화의 서광이 거실창 가득 밀려들고 있고,
'joys' home' 집앞 길가를 지키고 있는 전보상대 꼭대기엔

까마귀 한쌍이 높이 앉아

한가로이 데크를 내려다 보고 있다.

내가 고양이를 애완묘로서가 아닌,

영적인 한 측면의 고양이와 교호하며

영험함과 사악함을 동시에 느끼게 되는 이유다.

물구나무서기해서 거꾸로 된 세상을 새삼 다시 보고 느끼듯, 애먼 네로네 가족을 머리속에 떠올리며, 인간으로서의 내 온전한 자아에 깊이 숨어든 두 얼굴의 '키메라' 모습을 다시 한번 꺼내 추억하게 된 계기가 된 듯 싶다.

몇 날 밤이 흐르고, 몇 주가 지나갔다.

어제도 밤새 글을 쓰며 헤맨 것일까?

어느덧 설악마을에 사그락사그락 새벽이 내린다.

어느새

'조이스홈'의 데크에는 아침이 찾아들고,

새벽녘까지도 무대 위에 올라 내게 혼돈을 주던

주연, 조연배우들은 온데간데없다.

형도 엄니도 보이질 않는다.

로드킬로 죽어간 잿빛 고양이의 어린 새끼들만이 먼 허공을 향해 엄마를 애타게 부르고 있다.

우주의 먼지로 화했던 세포 조각들이 마른하늘에서 우박처럼 떨어져 내려, 하나의 잿빛 물체 덩어리로 뭉쳐지는가 하더니, 이내 생명을 다시 얻어 움직임을 보이고 있다. 기적과도 같은 엄마의 힘이다. 하늘도 안타까운 마음이 동하여 다시 천국인 지상으로 내려 보낸 것이다.

그 움직임은 고양이 새끼들에게로 다가서 불어터진 젖을 노출하고 젖을 먹이고 있다. 그들만이 아는 엄마의 젖이다. 사랑이다. 너무 신기하고 불가사의한 일이 설악의 하늘 아래 전개되는 것이다.

여름날 시골마을의 시간이 느릿느릿,
나태한 주말의 아침을 향해 기어가고 있다.

게으른 아침에 잔잔한 평화의 서광이 거실 창 가득 밀려들고 있고, 햇살을 마중하여, 텃밭 주변 돌담을 타고 피어오른 보랏빛 나팔꽃들이 청초함을 뽐내는 가운데, '조이스홈'집앞 길가를 지키고 있는 전보상대 꼭대기엔 까마귀 한 마리가 높이 앉아 데크를 내려다 본다.

앞뜰 정원의 소나무와 단풍나무 가지에는, 고고하고 우아한 하늘잿빛의 물까치가족이 떼로 몰려와, 시끌벅적 나의 아침단잠을 깨운다.

데크 난간사이로 보이는 앞뜰 정원의

소나무와 단풍나무 가지에는

고고하고 우아한 하늘잿빛의 물까치들 가족이 떼로 몰려와

시끌법썩 나의 아침 단잠을 깨운다.

설악의 마을엔 다시 천국의 일상이 시작된 것이다.

거실 저편 주방 쪽에선 보글보글 끓고 있는
호박말랭이 된장찌개 냄새가
구수하니 코를 자극하는 아침!

울엄니가 끓여주시던 그때의 그 음식 냄새다.

조이스 홈 대문 안쪽엔 낯익은 삼천리자전거 한 대가 세워지고,
찬란한 아침의 햇살을 타고 형이 운전하는 자전거 짐칸에서 엄니
가 발 디뎌 내린다. 얼굴에 화색 가득 온화하게 변한 아버지가 잔
디밭에 쪼그리고 앉아 잡초를 뽑고 있고, 그 곁에서 내칭구가 살며
시 웃음을 머금은 채 산 밑에서 직접 재배한 뚱딴지를 우려 낸 차
시중을 든다.
　온 세상이 환하고 밝게 열리고 있다.

설악의 마을엔 다시 천국의 일상이 시작된 것이다.

오늘도 역시
밤이 돌아오면
레드 녀석 홀로 찾아올까나?
이번에는 네오 가족들이 모두 함께 몰려왔으면 좋겠다.

그들을 위해 이번엔 비릿한 생선 한 마리나,
'리틀피플을 잉태한 공기번데기(1Q84에서 차용)'를
애써 준비하고 싶다.
'호우~'
'호우~'

날씨가 맑다면 오늘 밤 하늘에도 별들이 반짝일 거고, 오직 하나
의 눈부시고 하얀 달이 오롯이 떠오를 테지만, 내 마음속에는 오늘
도 두 개의 달이 함께 뜨게 될 것이다.

고양이 눈에 비친 검붉은 달 하나!
내 눈 안에 뜬 하얀 달 하나!
다 함께 공유되는 하늘의 달 하나랑
나 혼자만이 느끼는 마음의 달 하나.

아직까지도
내 마음의 달 속엔,
언제나
이렇게도 비치고,
저렇게도 비치는
변화무쌍한 고양이가 함께 살고 있다.

이젠 그게 낭만고양이였음 좋겠다.

네로,
포페아,
브라운,
레드,
바둑이,
그레이.

로드킬로 안타깝게 죽어간
이름 모를 설악의 잿빛 고양이와 그 새끼들…!

그리고 길동 고양이, 청진 고양이, 그리고 서해 고양이의 가엾은
영혼을 긍휼히 여기고…

동토의 왕국에서 길을 잃고 헤메다 죽어간
고 박왕자 님과 고 오토 윔비어 님!

젊었을 때 내 정서를 꼭 닮아 좋아했던
시인 기형도 님과 가수 김정호 님을 두루 함께 추모하며…

그들 영전 앞에

나치 고양이, 쿠바 고양이, 크메르 고양이, 백야 고양이, 백두혈통 고양이 등 희대의 붉은고양이들과

평양 고양이, 해주 고양이, 안남 고양이 등 도시의 탐욕고양이 무리…

울릉 고양이랑 종점 고양이, 방이먹자골목 고양이 등 인간 영혼을 홀리는 도깨비 고양이들.

그리고 천민의 피를 빠는 귀족 고양이와
사탄의 왕, 빅브라더 돼지들을
제물로 바쳐 위로하면서…

이제
고양이 마을의 단편
제1막의 끝을 맺을까 한다.

천국은 늘상

핑크빛이 아니다.

꽃밭처럼 화려하고 성전처럼 거룩하지도 않다.

금은보화 가득 풍요로운 곳만도 아니다.

영화나 꿈속을 떠돌아다니지도 않는다.

결코 환상과 환각으로 눈멀지 않는다.

매일매일 보편적으로 다가오는 현실이고 실상인 것이다.

Cat people live, in the village

결국 내가 생각하는 천국은,

상실이 없고 탐욕이 배제된,

영혼의 순수함에서 비롯된다고 믿으면서..

우리가 살아가는 지극히 보편적으로

돌아가는 모든 현상!

삶 속의 일상 그 자체가 천국의 무대라고 깨닫게 된다.

에필로그

:

쓴 글을 되돌아 보며...

한여름 더위를 불살라 먹으며,

거센 태풍의 바바람을 헤쳐가며,

밤새 밤새 글을 써왔다.

쓰면서도 다시 돌아가 읽어보고,

수십 번은 지우고 새로 쓰고 해봐도,

오히려 군살 덩어리가 되고 만다.

간혹 정치색이 묻어나는 듯해 싹싹 지워내 보지만,

문맥이 깨지는 듯해

썩 마음에 들지 않는다.

모든 글은 다 형식과 장르에 꼭 맞춰 써야 하는 걸까? 내 스스로도 장르가 무어라 규정해야 좋을지 헷갈린다. 소설을 쓴 것도 아니고 순수 수필문같지도 않다.

나름 에세이 중에서 소설과 자서전 형식을 빌려 쓴
'미셀러니 유형' 아닌가 규정해보고 싶지만
나 혼자만의 생각일지 모르겠다.

또 한 가지는,
이야기의 뚜렷한 결론의 지향점을 찾지 못하고 독자들에게 숙제
로 남겨놓은 듯싶다.
글은 끝냈다고 하나 끝난 게 아닌 듯 싶다.
그래서 이 글을 맺으면서 제1막으로 규정한 것은 못다 푼 고양
이 마을 이야기를 다음 편으로 넘기고 싶기 때문이다.

이 글을 쓰면서,
무지한 내게 어떻게 살아야 할지, 무엇을 위해서 살아야 할지 묻
는 것은 어리석음일 수도 있다.

다만,
보편의 일상에 대한 천국 같은 소중함을 늘 마음에 느끼며 살고
싶다.
그러기 위해서는 영혼이 타락하지 않도록, 오염되지 않도록, 상

실하지 않도록, 허황된 탐욕과 이데아의 수렁에 빠져들지 않도록
살아야 할까 싶다.

하고싶은 말들.
내뱉고 싶은 이야기가
머릿속에 지천으로 몰려든다.

어릴 적엔 1년이 10년처럼 느릿느릿 흘렀고,
청년기엔 또 한 해가 5년처럼 길었는데,
요즘 들어, 1년이 한 달처럼 가속이 붙어간다.

아직 하고 싶은 건 많은데
할 수 있는 건 유한하다.

고양이 마을의 1막은 이쯤에서 맺음을 하지만
언더빌스의 애니메이션 'soulless heart'가
계속해서 후속작을 예고하고 있듯이,
1막은 2막을 위한 전제이고 과정인 것이다..

나는 종교를 갖고 있지 않지만,
'하얀거'가 됐든, '동안거'가 됐든.

내 정신이 또다시 온전한 쉼을 느낄 수 있을 때
나의 잃어버린 영혼을 찾아
제2막을 다시 시작하련다.

**
**

2023년 1월 두번째 주말….

엊그제 생전 처음 코로나에 확진되어 아파트에 격리된 채, 온라인으로 마지막 교정과 편집 디자인을 마무리 중이다.
화이자가 제조한 팍스로비드가 입에 너무 쓰다.

참고로 이 글을 쓰기 시작한 지 벌써 6개월이 넘게 흘렀다.
지금도 주말이 되어 설악에 가면
성체로 자라나 요염해진 레드 녀석이 밤이면 어김없이 데크를 찾아와 내칭구가 놓아준 며르치를 먹고 간다.
먹는 그 모습을 몰래 지켜보는 게 별것 아닌 것 같아도 우리 joys의 소박한 낙이다.
간간이 징글맞고 사악하게 변한 셋째 바둑이를 동반하는 걸 보면 내 글 예측대로 정말 둘이 부부가 된 듯하다.

올봄에도 귀엽고 예쁜 고양이 가족이 많이 태어나길 빈다.

어젯밤 설악에 눈이 많이 내렸다는데 원격으로 실시간 cctv 영상을 보니,

데크 계단에 쌓인 하얀 눈 위로 고양이 발자국이 지천으로 찍혔다.

아마 토요일인 오늘 주인네가 오지 않았나 해서 분수히 왔다 갔다 한 것이 틀림없어 보인다.

어쩐지 해야 할 의무를 못 한 것 같아 괜히 미안하다.

다만, 6마리 네로 가족 중 4마리는 흔적조차 찾을 수 없는 것이 아쉽다.

고양이 마을 제1막 summary

Cat people live, in the village!

영혼…!

내가 지배자인 경우는 사랑이고, 평화이고, 일상이다. 내가 피지
배자인 경우엔 지옥이고, 상실을 의미한다

손가락 뻗어 살짝만 만져도 숯검정이 흠뻑 묻어날 것만 같은 칠
흑같은 밤!

하늘 천정엔 달이 솟고 별들 초롱초롱해도, 사방으로 산 안자락
에 휩싸인 마을엔 까아만 어둠이 안개처럼 뭉쳐있다. 그나마 어둠
을 밝히는 예닐곱 개의 조명등이 은은하게 데크 바닥의 형상을 지
켜내고 있다.

실내의 샹들리에마저도 끈다면 데크는 비교우위로 환하게 빛날

수 있지만, 티브이 모니터에서 뢴트겐처럼 뿜어져나오는 유기발광 다이오드 빛이 밖의 그 환함을 일정부분 상쇄시켜, 데크의 환함은 다소 침침하다고 해야 맞을 것 같다.

설악에 오면 언젠가부터 갇힌 내실 안방을 거부하고, 너른 거실 바닥에 매트리스를 깔고 수면에 든다. 약간의 폐쇄공포증을 갖고 있던 터라, 거실은 열 평 남짓 공간이 넓은 데다 뒹굴거리기 좋고 구속감이 없이, 몸과 마음이 훨훨 자유로워 선택한 신의 한 수 수면법이다.

게다가 거실과 데크 바닥의 높이가 같아 밤의 거실 공간을 외부 데크까지 연장하여, 비록 몸은 집안에 머물어도 미음은 언제든 집안팎을 수시로 넘나들며 생각의 나래를 펼칠 수 있어 좋음이다.

*

올여름 모든 대인관계를 일시 접고 불교에서 말하는 내나름대로의 '하안거'에 들었던 일..!

불신자는 아니어도 7~9월간 기간중에 소식과 금욕, 무소유, 무접촉을 실천키로 마음먹었고,

그 기간동안 시골의 설악마을을 왔다갔다하며 글을 쓰게된 것이다.

짧은 글들은 일상속에서 자주 쓰게되지만,

이런 류의 장편은 아마도 처음 써보는 경험이다.

개인차원에서 직접·간접 경험했던 '오염된 영혼'의 흔적을 쫓아서

자서전이나 준소설형식으로 풀어나간 에세이(미셀러니)라 생각하

고 썼다.

아니 어쩌면,오히려 만화 애니메이션으로나 뮤지컬로 엮어보고

싶은 욕심마저 생긴다.

나이가 아주 많은 건 아니래도, 그럼에도 불구하고,

이제까지의 지난 내인생을 돌이켜보면 크고 작은 에피소드들이

많았지만, 그중 오염된 영혼!, 영혼의 일탈과 상실을 직간접으로 체

험하고 경험했던 일련의 일들이, 설악의 밤 데크위에서 벌어지는

'의문의 움직임?'을 촉매제로 해서 파노라마처럼 떠올리게 된다.

물론 거기엔 아주 사소한 사건에서부터 이 시대의 큰 이슈들과

담론에 이르기까지 여러형태로 연계되며, 나자신의 지난 인생에 대

한 회고와 반성, 그리고 우리사회가 직면하는 문제에 대한 심각한

우려 또한 은유적으로나마 글속에 담아보고자 시도해 보았고, 이

제 미래를 어떻게 받아들이고 대처해야 상처난 영혼에 대한 온전

한 치유가 될 것인가?에 대해 나름 생각해보는 계기가 된 듯 싶다.

우리가 왜 사는가?

어떻게 사는 것이 올바른 삶인가?에 대해 적절한 정답을 제시하는 게 궁극의 목표는 아니었고,

내 능력상으로도 그런 걸 제시하기엔 불가능이라 생각하고 있다.

다만, 막연히 이글을 읽어보게 될지도 모르는 가족과 지인, 그리고 여타의 모든 사람들과 더불어, 앞으로 머리와 가슴을 맞대고 함께 공감하고 고민해야할 숙제로 남기는 것 또한 괜찮지않을까? 싶어서이다.

전에나 요즘이나 세상에는 고양이 눈에 현혹되거나 그들과 같은 삶속에 메몰돼, 순간의 쾌락이나 환각, 탐욕의 늪에 빠져 허우적거리는 사악한 '고양이인간'들이 드글거린다.

그들이 몰려 사는 곳을 나는 광의적 의미의 '고양이 마을'이라 칭한다.

또한 인간이 그들 본연의 일상에서 일탈하여 잠시잠시 정신줄을 놓게 되는 경우도 더러 생기는데,

이를 협의의 '고양이 마을에 빠져든 것이라 생각한다.

영혼이 오염됐거나 상실된 경우엔, 대부분의 우리에게 천부적으로 부여된 보편적 일상의 행복이 크건 작건 벗어나 있게 마련이다.

진정한 모든 행복과 평화와 사랑은 결국 일상에서 비롯된다고

믿고 있는 바,

고양이 마을에서는 어느 경우에라도 진정한 천국의 권리향유가 단절되어 있는 것이다.

여기서 말하는 천국의 의미는 종교적의미라기 보다는, 모든 사람들이 누구나 다 행복하기를 바라는 바로 그 보편의 일상, 결국은 나와 연결되어진 나와바리의 소중함을 지칭하는 것이다.

종교적으로 말하는 천국은 대체로 사후세계에 있다고 본다지만,

그에 대해 약간의 의구심과 반론을 갖으면서 깊은 고민에 빠져 든다.

결국 내가 생각하는 천국은,

상실이 없고 탐욕이 배제된, 영혼의 순수함에서 비롯된다고 믿으면서..

우리가 살아가는 지극히 보편적으로 돌이가는 모든 현상!

삶속의 일상 그 자체가 천국의 무대라고 깨닫게 된다.

그래서 현재의 보편적 일상!

그 자체로부터 진정하고 온전한 삶의 의미와 가치를 찾아보는데 의의를 두게된다.

탐욕으로 가득 찬 세상!

그건…

살아 있다 해도 지옥!

죽어도 지옥!

영혼의 상실은 결국 지옥을 의미한다.

왜 모든 생명이 죽지 않으려고 발버둥 치는가?

천국이란 반드시 죽어야만 갈 수 있는

먼먼 길에 있는 것은 아니다.

만일 사후에라야 천국이 도래한다면

서로들 무슨 수를 써서라도

빨리 죽으려 하지 않겠는가?

탄생 자체까지도 부정되는 것이다.

생의 과정마저도 송두리째 무너지고

그 가치와 의미를 상실하고 말 것이다.

다만,

모든 이의 생 전체가 송두리째 천국을 의미하지 않기에, 각자의
삶 속에서 가급적 사악한 악에 빠져들지 않고 탐욕을 적정히 절제
해가며 올바른 영혼을 잘 지켜 살아가는 것 아니겠나.

천국은 늘상 핑크빛이 아니다.

꽃밭처럼 화려하고 성전처럼 거룩하지도 않다.

금은보화 가득 풍요로운 곳만도 아니다.

영화나 꿈속을 떠돌아다니지도 않는다.

결코 환상과 환각으로 눈멀지 않는다.

매일매일 보편적으로 다가오는 현실이고 실상인 것이다.

이 시간

내가 지금 머무는 일상 속 바로 이곳의

생! 로! 병! 사! 희! 노! 애! 락! 그 모든 것이

일상의 보편성에서 크게 일탈하지 않는 한

언제나 천국이고 평화이고 행복이니,

절대 길을 잃고 헤메이지 않으리라.

영혼이 순수속에 온전히 머물게 하리라.

그러면 신의 구원이 있으리라

이야기의 배경은

'경기도 가평군 설악면 신천리'라는 40여 호의 집이 옹기종기 모여 사는 작은 전원마을이다.

무더위가 극성을 부리던 8월의 어느 날,

밤이면 조용하다 못해 적막하기까지 한 설악의 시골집에서, 낮 시

간에 잔디를 깎고, 가을 파종을 위해 장마와 태풍으로 망가진 열댓 평 남짓한 텃밭을 갈아엎느라, 몸이 피폐해질 대로 피폐해진 내가, 야심한 밤 휴식을 취하면서 티브이를 시청하던 바로 그 순간이다.

거실 창밖 데크 위로 수상한 움직임이 나타났다가 이내 사라져 버린 '의문의 허깨비'를 보면서 이야기는 시작된다.

거실에 좀비가 가득하다.

때마침 티브이에서는 6부작 웹드라마 '괴이'가 방영되고 있어, 거실 내부는 음산한 분위기에 무겁고 으스스한 침묵이 흐르던 순간이라, 공포감이 극에 달해있던 터였다.

이야기는 설악 'joy's home'의 데크를 무대로 여러 주연과 조연들이 등장했다 퇴장하고, 다시 또 등장하며 극의 이야기를 긴박하게도 때론 지루하게도 끌어가고 있다.

극을 써놓고 뒤돌아 감상하는 나로서도, 미처 생각지 못한 이야기의 이끌림에, 때론 감정이 복받쳐올라 분노와 슬픔에 젖기도 하고, 급기야 사고의 비약으로도 나타나며, 비운에 가신 둘째 형과 불쌍하신 울 엄니 등 죽은 이들을 떠올리게 되고, 가뜩이나 감성적인 성격에 격해진 감정은 끝 간 줄 모르게 치솟아 올라, 간혹은 오버도 하고 때론 힘든 경우도 더러는 있다.

'아웅, 아흐흥.'

'앙 아웅.'

단연코 오늘의 으뜸 주연은 도둑고양이 레드다.

경계심 많은 모습으로 무대에 첫 등장해 탐욕스럽게 먹이를 먹는 모습!

무언가 성취하고 나서 입 밖으로 내뱉는 만족의 신음이다.

나부터 먹고 보자.

나부터 살고 보자.

내가 1등이다.

다 내 거…

나는 선택된 존재다.

스스로 최면에 빠져든다.

'위너는 나!', 바로 나 하나라는 신념 속에

부모와 형제자매들은 아랑곳하지 않고 혼자만의 잔치를 벌인다.

언감생심, 평소에는 못 먹어 보던 꿈속의 음식이 실제 그 앞에 놓여있는 것이다.

그 누구에게도 양보하거나 빼앗길 수 없는 내 소유물, 습득물인 것이다. 네발로 걸어야 해서, 또 주머니가 없어서 챙겨다 주지 못한다고 변명을 한다.

　참 편하다. 구실은 언제든 만들면 되기 때문이다.

　실상, 그에게는 '네로'와 '포페아'라는 부모가 있고, '브라운'이란 형과 남동생 '바둑이', 여동생 '그레이'를 둔 여섯의 가족구성원을 둔 둘째이나, 늘 혼자 다니기 좋아하고 형제 중 가장 몸이 약해보이는 암고양이다.

　한편 보면 안쓰럽고 측은한가 하면. 또한 앙증스럽고 귀엽기도 하고…

　그치만 탐욕으로 가득한 모습에 더해, 경계하면서 내뿜는 푸른 눈빛을 마주하며, 고양이의 사악함과 영험함의 또 다른 이중성에 접해 혼돈을 일으키게 된다.

　고양이…?!

　나의 고양이에 대한 인식의 모순은 전혀 상반되는 이중 잣대가 작용함이다.

　그 하나는 마냥 사랑스럽고 친근한 애완묘로서의 일반관점이고, 또 다른 하나는 내 온전한 영혼을 탈취하고 지배하려 노리는 영물로서의 인식이다.

'캣피플!'
'키메라!'

인간들이 고양이 가면을 쓰고 산다.
고양이들이 인간 영혼을 살라 먹고
마치 인간인 듯 행세한다.
두 얼굴의 양면성을 갖고
선과 악이 반반, 그들을 지배하고 있다.

나도 그중 하나가 되어 자신의 이중성에 대해 속속들이 헤집어
내 갈갈이 분해하고 다시 짜맞춰 봐도 나를 모르겠다.

지킬 앤 하이드!
가브리엘과 파우스트!

선과 악의 극단을 오간다.
악마가 속삭인다.
악마의 장난과 인간의 방황 속에
영혼마저 접수해버린다.
보통의 짐승이라기보다는 정상적인 현상의 세계와 상호 알 수
없는 미지의 세계, 있을 수 없는 세계, 있어서는 안 될 세계에 대한

상호관계의 텐션이 묘하게 엉켜, 일종의 환각을 생성해 내는 괴기스러운 영매이기도 함이 맞을 것이다.

여기서 말하는 영매는, '악화가 양화를 구축한다'는 '토머스 그레셤'의 경제법칙과 마찬가지로, 보통 선으로서의 역할보다는 악을 조장시키는 역할이 훨씬 더 강해, 결국은 내가 고양이를 지배하느냐, 아니면, 고양이가 나를 지배하느냐의 관점에 따라, 상황이 정반대로 돌변할 수 있는 이율배반적 관계로 정의될 수 있겠다.

다시 무대 위엔 사라져버리고 없던 의문의 움직임이 있다. 인간스럽지 않은 움직임이란 걸 감지할 수 있었다. 아주 느릿하고 경계심 가득한 움직임이다.

움직임은 데크 중앙 쪽으로 향하려는 의지와 나를 경계하려는 의지가 교차되며 어쩔 줄 몰라 잠시 혼돈을 일으키는 듯 했다.

한 지점을 두고 원심력과 구심력이 상호 반작용을 일으키는 임계점에 서서 일단멈춤을 하고 있는 것이다.

새끼고양이 레드였다. 형제 중엔 비교적 몸집이 작고 여린 놈이다.

새끼라지만 태어난 지 서너 달 이상된 탓에 중고양이, 청년고양이쯤이라고 해야 맞을 것이다

내칭구가 언제부터 양맘이 됐는지?

데크 한가운데에 멸치를 뿌려준 것이다.

창 너머 이글거리는 불빛 두 개가

내 영혼을 살라 먹기라도 하려는 듯

나를 빤히 응시하고 있다.

3m 남짓 거리를 두고 마주 앉아,

마치 서로의 영혼을 삼켜버리기라도 할 듯,

두 눈을 부릅뜨고 쏘아보고 있다.

레드와 내가 영혼과 정신세계를 서로 섞고 공유하며, 혼을 뺏기

고 빼앗는 영혼 일탈, 영혼 상실 현상에 대해 골몰하며, 또다시 깊

은 생각 속으로 빠져들고 있다.

내가 레드인지, 레드가 나인지.

급기야는 도둑고양이이자 객인 레드가 오히려 끈질기고 집요하게,

'넌 누구냐?'의문의 눈초리로 나를 보고는 '정체성을 밝히라!'한다.

점점… 내가 그의 푸른 눈 속으로 빨려들고 있는 것이다.

인간의 삶과 빗대어 그 고양이 가족이 생성되고 자라고, 번창하

고…

급기야 몰락하기까지의 과정이

내가 겪었던 크고 작은 에피소드들과 배합되어 전개돼 나간다.

문득 고개를 들어 하늘을 본다.

Q…?

어찌된 걸까?

방금 전까지도 맑았던 하늘에 하야니 밝은 달 하나랑 음습하고 흉흉하니 검푸르스름한 달 하나,
두 개의 달이 떠 있다!

그 하나는 만인의 달이고, 다른 하나는 내 마음속 유일의 달이다. 글은 검푸른 달빛마냥 괴이스럽고 묘한 분위기를 타고 이리저리로 이어져가고 있다.

불나방들이 모여드는 방이동먹자거리!
술독에 빠진 고양이에 홀려 영혼 일탈을 겪었던 에피소드라든가, 맨정신의 이방인이 낯선 곳에서 길을 잃고 전혀 다른 세계인 고양이 마을로 빠져들었던 이야기!
협의의 고양이 마을에 직접 빠져들었던 이야기들이다.
추억으로의 여행에서 만난 길동 고양이!
허리에 자신들의 널을 묶고 어딘가로 질질 끌고가는 두 젊은 청

진 고양이!

붉은 여행서 체험했던 고양이 마을들은 가장 사악한 모습으로 내게 다가와 선다!

광의의 고양이 마을에서 직간접으로 체험했던 이야기들이다.

점점 이야기는 네오 가족의 전성기를 넘어 황혼기로 접어들고 있다.

숙명이라고 말하려는 듯, 어느덧 설악의 고양이 마을엔 어둠의 짙은 그림자가 드리워진다.

그들에겐 천국이라 여겨지던 고양이 마을!

환각의 세계는 잠깐인 것이다.

부모 품에 안겨 사랑과 보호를 받으며,

작은 수세미만 한 쥐를 제물로

잔치를 열고 배부르게 먹고 흠뻑 취하고,

함께 뒹굴며 즐겁게 춤추던 곳!

잠시 잠깐 동안 고양이 가면 속의 유토피아였던 것이다.

이미 마을을 벗어나 떠나간 기차는 다시 오지 않고, 빈 역사 앞엔 잡초만이 무성하다.

이제까지 한평생 가족들을 위한 혁혁한 공과 희생에도 불구하고, 자기 기운과 사명을 다한 네로와 포페아는 머지않아 그들 무리에서 따돌려지게 된다.

동물이나 인간이나 매한가지로 소중하고 위대한 한 생명, 소우주가 명을 다하고 황천길로 가는 길에 접어든 것이다.

하루하루를 극한 외로움과 쓸쓸함, 고통 속에 나 홀로 남겨져, 온몸 가득 옮겨붙은 진드기에 피부병이 심해지고 털이 숭숭 빠지고, 대소변기능마저도 떨어져 오줌도 찔찔찔 시원하게 나오질 않는다.

밤이면 두 번 이상을 깬다. 그래서 항상 수면 부족에 피곤하다.

시도 때도 없이 허파에 바람이 샌다.

간땡이가 띵띵 붓고 폐는 가래로 그릉그릉 끓는다.

그 좋아하던 술담배도 끊었다.

조 대리! 너는 일상이 천국이라 외쳐대지만 천지 사방 무료함뿐이고, 도무지 희망이 없다.

언제부턴가 배 속에 딱딱한 뭔가가 만져지고 간헐적으로 깊고 무거운 통증이 밀려온다.

오늘도 물 말아 억지로 한술 떠 보지만, 입맛은 점점 떨어지고 눈 멀고 귀 먹고, 간혹 간혹 헛것이 보이기도 한다.

밤이 되면 머리맡에 칼을 숨기고 자지 않으면 불안해진다.

시도 때도 없이 나타나는 저승사자 때문이다.

그래도 다시 아침이 되어 눈을 뜨면,

욱신욱신 쑤셔오는 허리와 저리고 시린 다리 절뚝여 힘겹게 꿈적이면서 고독한 생의 끝을 조금이나마 지연하고자, 한 걸음 한 걸음 느릿느릿 나가게 될 것이다.

심한 우울증으로 괴로워하던 새침스러운 그레이가,

아빠 네로의 돌출적 충격 행동으로 순결을 잃고 나서 바로 며칠 후 제일 먼저 세상을 멀리한다.

그다음 네로가 딸의 죽음에 대한 죄책감에 급성 간암이 겹쳐, 쓸쓸히 사라져간다.

브라운은 주검도 못 찾았지만, 근처 살쾡이의 공격으로 죽었다는 소문이 자자하다.

혼자 근근히 생을 연명하던 포페아가 한 해 몇 달을 더 버텨보지만, 노환에 따른 온갖 지병과 극한 외로움으로 그 뒤를 잇는다.

시간이란 마술 아래 늙고 병든 어미들은 그들 세상에서 완전 자연 도태되어 산자락 후미진 곳이나 데크 아래 시멘트 바닥 위에서 흉흉한 주검으로 발견될 것이고…

이제 설악의 고양이 마을은 부부가 된 레드와 바둑이 세상이 된다.
어차피 천국도 끝이 있게 마련이고 영원하지는 않은 것이다.

이제 이전의 고양이 마을은 흔적도 모르게 사라져버린다.
세대가 교체되며 이전의 점령군 세대가 망각의 세계로 접어든 것이다.

네로 가족이 퇴장한 쓸쓸한 무대 위엔 이제 비통하고 슬픈 음악이 흐른다.

글은 전개를 지나 무대 위 새로운 주인공의 등장으로 국면전환이 이루어진다.

내가 길동사거리 인근 단독주택에 살던 시절 추억속에 묻어두었던 고양이 일화 한 편을 꺼내 회상한다.
역시 도둑 고양이 출신으로 동네를 나와바리 삼아 자주 집에 드나들던 숯검정색 늙은 고양이…!
돌아가신 엄니의 배려로 밥도 챙겨주시고 목욕도 시키시며 정을 쏟으신 탓에 아예 집에 눌러앉은 고양이지만, 한밤중이나 새벽녘에 연탄을 갈러 지하실에 내려갈 때면 불쑥불쑥 튀어나와 앙칼스러운 울음을 토해내고 해, 당시만 해도 새색시였던 내칭구를 기겁하게 만든 장본인이 된 것이다.

과연 그의 미래는 어찌 되었을까…? 긴 글에 답이 있을 것이다.

요즈음 뉴스채널이나 유투브에 한창 회자되고 있는 '북한어민 강제북송사건'과 묘하게 오버랩되며 이야기는 정점을 향해 치닫고 있다.

청진 출신의 두 고양이가 사악한 고양이무리, 성악설에 매몰된 군주무리에 의해 영혼을 강탈당해 죽음에 이른다.

이어지는 글 중후반의 새로운 주연은,

신천리 국가지원지방도86호상에서 로드킬 당한 정체 모를 '잿빛 고양이'라 해야 될 듯 싶다.

팅팅 불어 오른 젖가슴을 온전히 노출한 채 실눈을 살짝 뜨고 죽어간 암고양이!

한이 서린 눈이다.

왜 길바닥 여기서 이렇게 비통하게 죽어야만 했을까? 가해자를 특정 못 하는 '고양이 개죽음'이었다 해도 아마 '보이지 않는 손'에 의한 방기타살일 수도 있다.

누가 그들을 죽이고 있는가?

어떤 처지에 놓여있던 고양이일까?

사자에게 또 다른 가족은 없을까?

불어 터진 젖을 봐서는 아직까지도 엄마 젖에 의존하는 새끼들이 있음에 틀림없다.

햇병아리처럼 가볍고 연약해보이는 몸을 곧추세워, 말랑말랑한 발꿈치로 주변을 뒤뚱거리는 놈, 까실까실 손톱만 한 혀를 내밀어 잔털을 고르면서 그루밍질하는 놈, 그르릉그르릉 저주파의 골골송을 부르며, 스트레스를 풀고 행복해하는 놈, 늘어지게 사지를 쭉 뻗고 배를 하늘로 향한 채, 코를 고는 세상 편한 놈,

또 앞발톱을 세워 동료에게 토닥질을 하며, 짓궂게 장난질을 거는 놈.

그리고…

한 쪽 구석에 홀로 웅크려 앉아, 외출 나간 어미를 간절히 기다리는지 버들강아지마냥 보송보송 작은 귀를 쫑긋 세워 이리저리 주파수를 맞추는 놈!

'엄마엄마엄마엄마엄마~아'

얼마나 엄마가 보고 싶고 기다려질까?

허기와 타 동물의 습격으로 죽어가는 어린 고양이들을 무대에 올리고, 비통한 마음은 점점 비약하여 급기야는 미지의 사고로 세상을 떠난 작은형과 아들을 부르다가 불쌍하게 가신 엄니까지 소환하고는 감정은 최고조로 올라 또 한 번 더 나를 허망하게 한다.

갑자기, 4년 전에 남양주의 한 요양원에서 돌아가신 엄니의 죽음에 이르는 전 과정을 생생하게 더듬어내곤, 가슴으로부터 역류해 올라오는 긴 한숨을 토해낸다.

퇴근해 오면 어김없이, 절룩거리는 아픈 몸으로도 따끈따끈 흰쌀 솥밥과 보글거리는 투가리 된장찌개를 정성껏 끓여주시던 엄니…!

세상에서 제일 맛난 엄니 음식이지만 먹으면서 가슴으론 울고 있다.
왜 엄니만 생각하면 눈물이 맺히고 가슴이 찢어지 듯 아파오는 것일까…?

인간의 수많은 기억방 중에 평생토록 훼손됨 없이 온전한 방이 아마도 엄마방 아닐까?

고양이 마을 허공으로 긴 한 한숨이 번져나간다.

그 어린 새끼들은 어쩌란 말이냐? 라는 몇몇 의문점(Q?)을 던지면서, 그 생각에서 파생되는 나의 모순과 혼돈스러움, 또한 이 사회의 일탈에 대해 끝없는 회의에 빠져들게 되고, 사고는 나 개인을 넘어 사회로 확대되고, 종국에는 국가관과 세계관에까지 가닿는다.

그렇다 해도 나는, 추호의 잘못된 종교관이나 사상이념의 이데올로기적 편향성이 원초적부터 전혀 없을 뿐더러, 또한 어느 한쪽에 대한 호불호가 설사 있다하 더라도, 상식과 보편성에 입각한 대의일 뿐, 그 이상의 담론은 최대한 자제할 수 있도록 노력했다.
글을 더럽히고 싶지 않음이다.

귀족 고양이와 천민 고양이가 등장하고, 돼지의 왕 '빅브라더'가 등장한다.

도시에서는 한 무리의 귀족 고양이 떼가 죽창과 붉은 깃발을 들고 파티장으로 모여들고 있다.
북과 꽹과리, 호루라기와 부부젤라 소리가 요란스럽다.
몸에 신너를 뿌리고 불춤을 춘다.
그들만의 질펀한 살풀이굿를 하고 있는 것이다.

십여 년 전엔 붉은 여행을 주로 많이 다녔다.

21세기인 지금까지도 자유를 억압하고 인권을 유린하는 우주 최악의 고양이 마을을 상기한다.

아직까지도 굴뚝으로 사악한 냄새를 토해내고 있는 폴란드의 아우슈비츠, 해골과 안경테가 산처럼 쌓인 캄보디아의 킬링필드, 그리고 백두혈통의 붉은고양이 떼가 붉은 발톱과 송곳니를 드러낸 채 앙칼스럽게 울어댄다.

개성 방문때 그 끔찍했던 일을 떠올리면 지금도 대구치가 부르르 떨린다.

급기야 이야기는 내가 회사의 대표로서, 또한 한평생 '도시계획 기술사'이자 나름 그 시대 최고의 'urban desiner'라는 자부심을 갖고 임한 전문직종사자로서, 직간접으로 체험하며 느끼고 힘들어했던, '타락한 도시의 늪' 한가운데로 깊이 빠져든 고양이 마을에서, 허우적거리던 나를 글 속으로 끄집어내게까지 되면서 이야기는 피날레를 향해 달리고 있다.

결국은 레드란 녀석이 내 지난 기억의 상처 주고, 상처 받았던 흔적을 모두 다시 훑어 되짚으면서,

나보고 '그렇게 살지 말아라!'고 한다.

여기는 엄연한 고양이 마을이라며 그런 표정으로 자기를 보지

말고 오히려 나를 되돌아보라 한다.

 '여생이나마 때 묻은 영혼을 말끔히 지워내고 순수한 마음을 갖고 살아라!'

 그리하면 마을에서 영영 떠나버린 기차가 다시 돌아와, 나를 잃어버렸던 일상으로 인도해 줄 것이라 한다.

 적어도,

 영혼의 상실에까지는 빠져들지 않는 세상!

 탐욕과 환상, 환각이 배제된 세상!

 바로 지금! 보편적 일상에서 벌어지는

 그 모든 것이, 살아가는 내내 당신에게 꿈과 희망이 될 것이고, 소소한 행복과 보람, 진정한 삶의 의미와 가치를 높이는 마음의 천국이 될 거라고…!

#

All the broken pages that

I left behind

내가 버려둔 모든 망가진 페이지들은

All the bloody stains of my hollowed past

전부 내 공허한 과거의 피투성이 얼룩들이야

Repressed memories

억압된 기억들은

It's all that remains of the splintered fragment

그것들은 산산히 부서진 잔여물이야

That I call my life

내가 내 삶이라고 부르는 것의

Sacrificial lambs laid upon my path

나의 길 위에 놓인 이 희생양들은

Now are broken worlds killed by senseless wrath

이젠 무의미한 분노에 의해 살해된 부서진 세상이야

Soulless Heart
영혼이 상실된 내 심장이여

언더빌스 ost 'soulless heart'

갈 길 잃은 세상의 뭇 영혼이여!
이제 잠시 멈추고 노래를 들어보라.
가사의 의미를 다시 한번 음미해 보라.

영혼 잃은 심장의 울부짖음을
가슴에서 토해버려라.

순수영혼을 가진 삶은 언제나 천국이어라.

지금, 바로 여기…
내가 사는 '보편의 삶' 그 자체가.

어느새

'조이스홈'의 데크에는 아침이 찾아들고,

새벽녘까지도 무대 위에 올라 내게 혼돈을 주던

주연, 조연배우들은 온데간데없다.

여름날 시골 마을의 시간이 느릿느릿,

나태한 주말의 아침을 향해 기어가고 있다.

게으른 아침에 잔잔한 평화의 서광이 거실 창 가득 밀려들고 있고, 햇살을 마중하여,

텃밭 주변 돌담을 타고 핀 보랏빛 나팔꽃들이 청초함을 뽐내는 가운데, '조이스홈' 집 앞 길가를 지키고 있는 전봇대 꼭대기엔,

까마귀 한 마리가 높이 앉아 데크를 내려다본다.

앞뜰 정원의 소나무와 단풍나무 가지에는,

고고하고 우아한 하늘잿빛의 물까치가족이 떼로 몰려와, 시끌벅적 나의 아침 단잠을 깨운다.

거실 저편 주방 쪽에선 보글보글 끓고 있는 호박말랭이 된장찌개 냄새가 구수하니 코를 자극하는 아침!

설악마을엔 다시 천국의 일상이 시작된 것이다.

이 글을 쓰면서,
무지한 내게 어떻게 살아야 할지,
무엇을 위해서 살아야 할지 묻는 것은
어리석음일 수도 있다.

다만,
보편의 일상에 대한 천국 같은 소중함을 늘 마음에 느끼며 살고
싶다.
그러기 위해서는 영혼이 타락하지 않도록, 오염되지 않도록, 상
실하지 않도록,
허황된 탐욕과 이데아의 수렁에 빠져들지 않도록 살아야 할까
싶음이다.

하고 싶은 말들,
내뱉고 싶은 이야기가
머릿속에 지천으로 몰려든다.

어릴 적엔, 1년이 10년처럼 느릿느릿 흘렀고,
청년기엔, 또 한 해가 5년처럼 길었는데,

요즘 들어, 1년이 한 달처럼 가속이 붙어간다.

아직 하고 싶은 건 많은데

할 수 있는 건 유한하다.

글의 1막은 이쯤에서 맺음을 하지만

맺었다고 해서 끝난 건 아니다,

언더빌스의 애니메이션이 계속해서 후속작을 예고하듯이,

1막은 2막을 위한 전제고 과정인 것이다..

나는 종교를 갖고 있지 않지만,

'하안거'가 됐든, '동안거'가 됐든

내 정신이 또다시 온전히 쉼을 느낄 수 있을 때

제2막을 다시 시작하련다.

감사의 글

:

내 보잘것없는 인생 여정에
그럼에도 불구하고 바르게 살도록
깊은 울림과
선한 영감을 주신 모든 분께
이 기회를 빌어 감사드립니다!

국예순 국민학교 선생님
김옥현 중학교 선생님
주수복 고등학교 선생님
이화여대 osw박사님
홍익대학원 김재열 수채화 선생님

kjy님

고 ljh님

일구회 회원님 모두와

대학교와 대학원의 찐 친구들 몇
(l,y,s,s... etc)

그리고
울엄니 고 ajy 여사님
형 고 jws님

오붓히 남겨진 사랑하는 우리 세 식구들.

감사합니다!
사랑합니다!

… J. 몰골